U0055202

台灣阿嬤

萬里單飛美國行

王素真 著

推薦序／跟著老媽學做媽

黃懿慈

《台灣阿嬤萬里單飛美國行》是我母親寫我結婚、生女，她來美當阿嬤的隨行生活筆記，還有她的親子教養觀點與退休心情。在媽媽如行雲流水般的流暢文字裡，是她旅美的深入觀察、做阿嬤的親身體驗，第一手資料、細膩而又詼諧的筆調，真摯感人又發人深省。我身為媽媽書裡的當事人，自己讀來倍覺親切、溫馨，好似時光倒流、重溫一遍那段刻骨銘心的歲月，感謝媽媽把它一一記載下來，我們可以共同回味再三，更可以和大眾分享，一起傳遞學習親子之愛。

上帝無法照顧到所有人，所以讓每個人都有個母親在身旁。母親就如陽光、如空氣、如水一般，是我們生命得以存在、不可或缺的要素，但我們卻又常忽略她、幾乎忘記她的存在。說來汗顏，我是到了結婚、懷孕、有了孩子以後，才開始思索母親在我生命裡的重要性。我更是當了媽之後，才深深體會、認真觀察、打從心底敬佩我母親，想跟著老媽學做媽。

前些日子，無意中在網路上某個海外媽媽交流版看到一個廣告影片。看著短片裡面那個媽媽嬌小的身影在機場裡奔跑、拿著英文紙板問路、孤獨地坐在候機室裡等著下一班飛機、直到在飛機上拿出女兒與外孫的照片微笑，我的眼眶溼了，眼淚一顆顆掉下來，我想到了我媽媽，想到媽媽當年也是為了女兒「單騎闖天關」，揹著我的婚紗、提著大包小包的身影，千里迢迢地從台灣經日本轉機到美國達拉斯，就為了參加我的婚禮，陪著我，看著我。媽媽對孩兒的牽掛、惦記與呵護，是一生一世、永不止息的，打從孩子在娘胎裡、孩子出生便開始了。

記得三歲時，在媽媽住院生妹妹的時候，我從外婆家二樓陽台摔了下去，頭顱破裂、顱內出血，進了加護病房，生死懸於一線，媽媽顧不得生產完亟需休養的身體，就睡在加護病房外的陪診椅上，忍著產後的各種不適，陪我撐過了一個又一個的晚上。

小學、國中、高中，從腳踏車、摩托車到汽車，媽媽載著我與妹妹在家與學校間往返，無論是頂著豔陽烈日或是穿著雨衣，從沒間斷。在媽媽的車上，有著我年少時的童言童語、高中聯考放榜時因差幾分沒考上北一女而懊悔掉下的淚珠、以及高中晚自習結束後一身的疲憊。媽媽的車子裡，是一個奇妙的小宇宙，所有的情緒在這個空間裡得以抒發與沈澱，因為我知道，我的媽媽是一個最好的聆聽者。

二十五歲第一次失戀，在舊金山空蕩蕩的公寓裡，我倒在床上為著轉身而去的戀人痛哭，眼淚爬了滿臉的我嘴裡喊出來的竟是：「媽媽！媽媽！我好想回家。」一直以來，習慣在異鄉漂泊的我，第一次像個孩子孤獨地哭著想媽媽，想念媽媽溫暖的懷抱以及有媽媽的避風港。

2005年，在外面飄蕩了幾年，在感情裡跌得鼻青眼腫的我回家了，情傷之餘，更被診斷出得了紅斑性狼瘡！媽媽沒有責備我，只是憂心地陪著我看了一次又一次的醫生，看著我伸出手臂抽出一管又一管的血做檢查，盯著我每天吃下一顆又一顆的藥來控制病情。任性的我，每次都嫌老媽在陪我看診的時候纏著醫生問東問西，但卻不知這我的健康是媽媽一輩子都無法放下的牽掛。

2010年7月底，我在美國結婚了。老爸因為工作因素無法出席美國場的婚禮，老媽一個人拎著大包小包的行李赴美幫我籌辦婚禮。台北、東京、達拉斯，她小小的肩上揹著我在台北挑好的婚紗、頭飾，行李箱裡裝滿了家人親友的結婚贈禮，老媽帶來的行囊裡，只有四分之一是她自己的衣物，大部分都是給我們的東西，滿滿的愛。在美國雖然只停留了短短的十天，老媽接手了大部分的家務，做飯、澆花、洗衣，盯著我們要有規律的作息，更充滿活力地跟我們的同事朋友打成一片，溝通無礙。我還記得老媽要回台灣的前幾天，捨不得老媽離開的我，想到這幾天的相處，不自覺地紅了眼眶，因為一直以來，家裡面就有弟弟妹妹一同分享老媽的愛，但是那短短的十天，我居然能獨享老媽的關心，讓我又幸福地善感起來。

臺灣美國來來回回，老媽經常飛來飛去，都是為了看顧我，當然還有2012年及2014年出生的T寶與

V寶，老媽的愛加深、延長又擴大了。不意就在2015年初，我的健康竟又再度亮起了紅燈，我被診斷出來得了甲狀腺癌，剛得知這個噩耗的我，看著眼前兩個稚兒，不知道應該怎麼辦，在淚眼婆娑中，兩歲半的T寶輕輕拍著我說：「媽咪不要哭，阿嬤就要來了哦！」是啊！連我小小的女兒都知道，天塌下來，我還有我的媽媽跟我一起頂著，再難再崎嶇的路都有媽媽跟我一起走過。感謝神，老媽在關鍵時刻一直陪伴我、照顧我、鼓勵我，甚至還幫我帶小V寶回臺灣，讓我調養休息，父母對我的恩情，果真是「欲報之德，昊天罔極」啊。

仔細想想，老媽真是很厲害！她無論做媳婦、做妻子、做媽媽、做女兒、還是當老師、當主任、當秘書，內外每一個角色都很稱職，備受肯定，確實值得我們效法。我真覺得自己何其幸運，能當老媽的孩子，受到無微不至的照顧，所以從現在起，我要「以母為師」，好好學習老媽的為母之道，從做媽媽開始，讓親子之愛、家庭之愛繼續傳揚下去，綿延不斷！

自序／阿嬤來傳愛

王素真

我相信心懷感恩的人，生命必豐富，知足可常樂。當年結婚時，我下注似的「押寶」在一個阿兵哥身上，然後陸續生下三個孩子，三十多年如箭飛逝，如今我已由講壇退休、小阿兵哥也從中將退伍，三個孩子都已長大、學成，大寶還嫁人、添了T寶V寶兩個娃兒呢。看來「成家」這一注，我是押對了寶，且還有增值附贈了好多大小寶貝，真是感恩啊。

家庭不是講理的地方、而是講「愛」的所在。夫妻同心，經營家庭，把「愛」延續代代傳承，也是投資報酬率最高，效期最長，影響最大，最美好的生命記事。

成家三四十年就在花開花落、春去秋來、忙碌又充實當中歲月流逝，轉眼之間，四年級生的我竟已屆花甲，還當了阿嬤，而且是美國娃兒T V寶的臺灣嬤，這可新鮮了。我深深體悟到：生命是一趟奇異恩典、新奇旅行，旅途中難免有困頓、疲累與挫折，但只要有寬闊的胸懷，對生活充滿了感激與欣賞，時時懷抱好奇心，願意學習，願意嘗試，老師退休改行當阿嬤，何難之有？兵來將擋，「孫來嬤接」，一路從台北、達拉斯到華府，萬里單騎闖天關，幸運的我遇上許多生命中的貴人，「做中學」阿嬤新體驗，現在還可以與大家分享從丈母娘到阿嬤的見聞與心得呢。感謝主！賜給我這麼美妙的際遇，有親愛的家人、親朋、師友、同學、同事、芳鄰，給我支持與協助，才造就今日幸福又快樂的阿嬤。

真實的生命故事，原本就不是童話故事，「從此過著幸福美滿的生活」，阿嬤的家庭記事有著酸甜苦辣，歡笑與淚水共存，艱難苦澀伴著甜蜜負荷，但是只要能夠家人同在、相愛相親、攜手共度，生命中再大驚濤駭浪也可安然過關，因為我們有信心、有盼望、有堅定的愛，柴米油鹽的尋常日子，都是最有滋味的美好印記。

孩子長大、婚嫁、生兒育女，老媽為兒孫掛記奔忙。這些退休阿嬤的生活小事，也是生命大事，其中有家庭經營的小撇步，有親子家族的真情愛，有新生命誕生的感恩與感動，更有血脈相連代代相承的「愛」的傳衍。「愛」正是本書的主軸，愛像太陽一樣，暖暖的日光可以撫慰家人心靈，散發正面能量。希望藉著此書傳揚愛，阿公阿嬤可以共分享，爸爸媽媽可以同回味，大孩子小朋友可以親子共讀，惜福惜緣，愛家愛人愛生命。

目次 Contents

輯三 台灣阿嬤美國行不行？

輯四 美式生活

輯五　TV嬤華府行

輯六　退休阿嬤行不行？

輯一
丈母娘來了

丈母娘來囉！果真丈母娘看女婿，愈看愈中意？
還是假想敵兵臨城下，生恐寶貝女兒被搶去？
千迴百折，幾番思量，還是把女兒交出去。
但是愛女心切，丈母娘仍得萬里飛美來臨檢。
眼見為憑，實地考察過關才放行。

1-1 丈母娘看女婿：假想敵乎？半子乎？

詩壇祭酒余光中教授有四個女兒，早年曾自嘲是女生宿舍的「舍監」，當女兒長大時，余教授把女兒男友個個都當作「假想敵」，心裡頗難適應女兒可能被搶走。如今吾家女兒早已長大，我和先生也一樣掙扎著，惶恐、擔憂著：「這男生會把我女兒搶走嗎？」似乎假想敵就潛伏在旁，虎視眈眈，危機四伏呢！

說起我家的「假想敵」，其實早在小學，我就有「危機意識」了。由於家裡沒哥哥，大寶女兒從小就佩服聰明又認真的男同學小哥哥，在她內湖國小班上有個小男生，長相斯文、品貌端正、功課永遠拿第一，那時我就主動邀請她班上幾個男女同學一起來家裡玩，順便觀察觀察，這小子如何。結果我發現，不得了，這位同學太認真啦！第一名的學生，還跑到老師家裡補習加強數學，超級用功；連體育課老師要考跳繩，都乖乖地天天早晚在家練習100下，出門也隨身攜帶跳繩，準備隨時抽空溫習呢。這過度認真與執著，實在令人緊張。不妥不妥，我打心底不放心，還好只是小朋友鬧著玩兒而已。

隨著年紀增長，大寶眼界高，求學期間，一直沒什麼男同學是她看上眼的，我們也經常提醒叨念著：找朋友挑對象，是要品行端正、身心健康、負責進取、家世清白的有為青年，而非富裕多金、英俊瀟灑、虛有其表的紈袴子弟。結果一晃眼，大寶大學畢業赴美留學，都念了雙碩士，又攻讀博士，年紀也不小了，這才真讓我繃緊神經，緊張起來，心裡直拉警報，男大當婚女大當嫁，一時間要上哪兒找對象？感謝老天爺眷顧，在神的指引下，2008年大寶認識了Gary港元，兩人似乎還頗談得來，半年前大寶就說那年2010元旦要帶回來給我們「看一看」。

頭一遭，聽說女兒要帶男朋友回來，我們全家人都愣住了，哇！屆時究竟要如何對待人家啊？該熱情歡迎還是冷眼觀察？要請他住哪兒？自己家還是麗湖飯店？要喊他什麼名字好？中文英文還是台語的阿元？小多弟弟沒什麼意見，只要求能陪弟弟打桌球、打籃球就好，還主動給港元取了外號叫「港幣」；小皮妹妹也沒有意見，只有提供情報、湊熱鬧，「見縫插針」怪大寶貪玩不早回台北。真正憂心的則是老爸和老媽，既煩惱又掛心，不知大寶識人可明？對方品行如何？若看走眼了，需「踩剎車」可要如何說出口？心裡真的是百味雜陳，思前想後，不知來者是敵？是親？或許對方也和兩老一樣忐忑，惴惴不安吧。

還好，會面前的大半年裡，遠距離觀察，也是一個緩衝。陸陸續續接收有關港元的各方訊息，我們從大寶的介紹中，認識港元的點點滴滴；也在國際電話與視訊裡和港元有過短暫交談，初步看起來似乎是誠懇踏實，不必太擔憂的；卻又杞人憂天害怕這是假象或偽裝，怎麼辦？於是，我上網搜尋，找他的Blog、Face Book與MSN，看到他圖檔裡在美自購小屋、自行設計繪圖、自行改裝粉刷施作、壁飾地板衛浴臥室，充分發揮所學建築專業，完全體現負責、愛家、勤樸的美德，我在心底默默點頭，「孺子可取」也，看看再說吧。

還記得2010年元旦深夜，我和小皮還抓了金杉的公差，一起到桃園國際機場去接機，乍一見面，還好還好，他稱呼我「黃媽媽」，幫忙搬行李上車，勤快、懂事、有禮貌。回到家裡，小房間我早已打點好，旅途勞頓該休息了，他還掏皮箱拿出禮物分贈我們二老；第二天一早我們忙著送小叔搭機返回雅加達，他又早起打招呼、幫忙搬行李，算是有心吧。接著，港元為了祖父在高雄遽故，必須更改回美班機而南北奔波，幾日聯絡無著，打算依原時程回美，放棄參加祖父追思會，惹得連他父親都不悅了。這時，我家爸比開口了，在回辦公室的路上，找港元同車，問過班機聯絡的現況與港元想法後，爸比說：「這是一種價值的選擇，參加祖父追思會，日後才不致有遺憾，但眼前無法換班機改時程，只有另訂單程機票回去，你想一想，再把資料傳過來幫你處理。」於是，爸比的辦公室幫忙代訂了原時程第二天的班機，爸比出手援助，一切圓滿處理完成。

元月初當大寶與港元都在台北時，我們就利用原訂的定期親族聚會，邀請港元也參加，讓大家認識認識。那時公公婆婆正好也在台北，老人家「相」過之後告訴我：「人，看起來是差不多，未來若有打算，就可以先提親。」我詢問爸比意見，他說：「還不錯，看起來不油滑，不虛浮，誠懇樸實，可以啦。」小皮妹妹說：「應該算有誠意，又有勇氣、有膽識吧，敢大老遠從美國回來，接受一大堆親友鑑定，不容易呢。」一旁的小多卻獨排眾議說：「我看是外強中乾，人家來敬酒，他還逞強說不是我不喝，是沒酒啦。遜掉了！」事已至此，大勢底定，應該是沒有什麼反對聲浪，在港元回美國前夕，我深呼吸之後告訴他：「你如果跟大寶對未來有打算，可以回去告訴你父親，商量找個人來提親吧。」這傻小子先楞了幾秒鐘，才會過意來反問我：「黃媽媽，你是要把大寶嫁給我喔？」是啊，我雖滿心不捨，還是期待女兒終身幸福，挑剔不如疼惜，女大不中留，「見好」還能不「脫手」嗎？罷了。罷了。

就這樣，「見面篇」告一段落，看來我們家是要多個「半子」了。除夕圍爐時，爸比舉杯敬酒就有感而發的說：「希望我們家人口越來越多！」好吧，半子也是子，多人多福氣。接著過年後，大寶女兒一邊忙著準備博士資格考，一邊想著未來許多大事待辦，千頭萬緒，電話裡爸比不斷叮嚀大寶：健康擺第一、學位慢慢念、按部就班莫心急，結婚的事簡單隆重溫馨就好，一切都要尊重男方。我看這進程馬上要進入「擇日篇」，準備「合婚」籌辦婚事了。哈，未來添了女婿，我就成了「丈母娘」囉！只是，但願我以後去美國投靠女兒女婿時，不會像美國影集裡的岳母一樣，女婿一聽丈母娘駕到，就嚇得先溜為快喔。

1-2 丈母娘來送禮！——禮物篇

大寶女兒決定與港元暑假要在德州達拉斯教堂舉行婚禮，老媽身為家長當然一定要出席，單槍匹馬飛越太平洋萬餘公里，就為了參與女兒終身大事，也臨檢一下女婿女兒旅美生活概況，還順道體會體會美式生活起居吧！總結前後12天觀察心得，可啦！放心吧，世界已經是年輕人的，他們適應良好早就高分過關了。丈母娘來臨檢，第一關就是禮物篇，禮物交換，是情意交流兼交心，也過關了。

自從元旦大寶帶港元返台給家人認識鑑定後，公公指示「人看來是差不多，未來若有打算可以先提親。」於是，年輕人告知雙方家長後，便開始籌畫婚事，三月選定婚期、四月預約喜餅、五月準備定親禮品、六月提親下聘，然後七月底在美國註冊登記結婚，明年元旦返台宴客與歸寧。原則上，台灣的部分由家長負責打理，美國的婚禮就由年輕人自己來。由於親家主張教徒應在教堂結婚，才莊嚴神聖，不可草草登記了事，所以，大寶四月通過博士資格考後，年輕人除了忙他們甜蜜的求婚，選購訂婚鑽戒與婚戒，這期間還在達拉斯尋覓教堂、安排教堂婚禮的一切人事物與流程、宴客、攝影、公私文件卡片、教堂與餐廳花卉布置等等，大小細項繁瑣，多半是港元主導挑樑完成、大寶只有應聲協助而已，也真難為了女婿啊。

大寶女兒在美結婚是大事一樁，但由於我家爸比剛下部隊，忙完四月底的演習，七月底還有更大的漢光演習，公務為先不克赴美；小皮妹妹八月一日剛轉換工作單位，也不方便擅離職務；小多弟弟七月中才參加上海世博台滬城市交流回來，要補暑期輔導課未上的課程，學業為先也不克請假；所以全家人就只有老媽一人單飛赴美啦。

出發前我列著行李清單：婚紗（包含頭紗與配件、內衣與鞋襪）、禮服與長短旗袍（宴客用）、茶盤茶杯茶具組（定親用過的杯具）、陶瓷碗筷組（結婚「起家」的祝福），嫁妝針線盒（結婚必備的刀尺剪針黹女紅用具），還有女兒指定的精力湯、防曬液、仙楂片、給小花童與老師的小禮物等等，以及爸比準備的精緻禮物「鳳凰于飛」陶瓷杯組、小賴同學的「愛心水晶文鎮」與成堃乾哥、柯阿姨送的項鍊禮物等等，我另外又找來12生肖的交阯燒小掛飾（象徵多子多孫多福壽）、一對內置木炭的竹編小火籠（代表會「生湠」瓜瓞綿綿）和交頸琉璃擺飾（當然是感情好恩愛久久），就當做新婚禮物一併帶去。結果，我一路左肩扛著婚紗包、右肩背著隨身證件物品包、手提易碎禮品袋，只有一件大件行李托運，就這樣第一次萬里單飛勇闖天關，從台北、東京轉達拉斯，飛行16小時終於安抵美利堅啦！

25日星期天下午，我15:40準時飛機落地，16:20就順利出關，沒見到大寶來接機，我的手機開機卻無法立刻撥出，只好臨時找人幫忙給大寶電話留言，等了一會兒，不久就見到港元與大寶兩人短褲拖鞋打扮輕鬆跑過來了。原先設想的感人擁抱沒用上，反倒是上車後掏出我上飛機前爸比轉交的信函，那是爸比演習完畢連夜花費3小時給大寶寫的親筆信，長達3頁的殷殷叮嚀，大寶看到第2頁就淚漣漣了，港元開著車摸摸大寶的頭安慰她。

回到港元的新家，我打開行囊，禮服掛起來，藝品先收著，一一點交禮物，千里情意一件件說明來處與意義，大寶與港元應該可以感受得到台北親友家人的濃濃親情與深深祝福，而我的皮箱與背包禮物清空後，也只剩一小落自己的衣物了。我想媽媽的心就像這行囊，全是為孩子而滿滿裝載著，留給自己的只有一個小小角落，不是嗎？

當然，孩子長大懂事了，也是懂得孝順回饋的，大寶和港元很貼心的給我和爸比準備了禮物：「數位相框」和「筆記型電腦」。原先他們是要送我數位相框，後來被小皮吐嘈提醒：「老媽的筆記型電腦已經用了8年，她正期待著汰換，你們可真不會送禮哪。」就這樣，我一到達拉斯就賺到一部TOSHIBA新電腦了，配備齊全，還是最先進的Window7哩！哈，筆記型電腦我拿了，數位相框就送爸比吧。

雖然帶了一堆禮物到美國，但以我這老媽的標準看來依然不足，結婚該有的禮數與祝福不可免俗，除了訂親時的金飾（全套的首飾手鍊戒指）、頭尾（從頭到尾的穿戴衣飾）之外，還缺結婚新房的新被褥、新人的新睡衣、內衣褲，這都好採辦，我帶著大寶到達拉斯的Shopping Mall裡都找到滿意的了，只是傳統的「尪婆椅」與「育子巾」怎麼辦呢？育子巾是新人「辦事」乃至將來「生子」時鋪床上的黑色布巾，在台北都找不到了，我好不容易在達拉斯的Shopping Mall窗簾部門找到還不錯的標的物；至於尪婆椅則是擺新房裡的兩張座椅，象徵白首偕老，一時找不到，只好讓港元自己去找了。孩子，禮輕情意重，樣樣是真情啊。

1-3 丈母娘來臨檢！——家居篇

老媽遠征美國，萬里單飛來到達拉斯，為的就是參與大寶與港元的教堂婚證儀式，婚儀相關準備年輕人都自己辦理停妥，老媽來了就是「旁觀」而已，看看就好，不必插手管事，但家居生活，老媽可就當仁不讓，不請自來地自動融入，不客氣，丈母娘「臨檢」來啦！

因為老媽來美自詡是「自家人」，所以星期天一下飛機「進駐」達拉斯女婿自宅，零時差，當天晚飯過後，才進浴室上過洗手間，馬上找大寶女兒要「菜瓜布」，立馬動手刷起馬桶來，當下一手伸進馬桶裡，把礙眼的污漬水痕全給徹底清除，讓白瓷色澤光澤再現，清清爽爽，要讓大家進浴室也開心。這時一旁的女婿港元坐立難安，直說：「這房子是96年蓋的，10多年了，去年買來有再整修，前幾天也都清掃過了，這些舊水漬就不用再打掃了。」看他似在求饒，又怕丈母娘標準太高，大寶緩頰說我們家兩老天性潔癖，就愛自己動手打掃，聽得港元膽戰心驚，只好豎白旗，說下回若是得知丈人要來美國視導，他就直接換一副新馬桶啦！聰明的孩子，孺子可教也。

第二天星期一早上，港元上班去，老媽要大寶帶著上大華超市與賣場，採購清潔劑、鋼刷與幾樣家用品，回到家來，工具齊全，即刻大展伸手清潔廚房與冰箱。那個水槽，白色磁磚變了色；那個冰箱，食材蔬果層層疊疊無條理；那個烤箱與爐台，燒烤油漬陳跡已久未清除；這些污垢，看來就刺眼，我怎能輕易放過呢？經過老媽一番用力洗刷與清潔，丟掉過期食品與老舊腐朽筷子，冰箱爐台鍋具都一一重新整治之後，洗碗槽回復白瓷原色，冰箱裡水果蔬菜罐頭肉品飲料，品類清晰可見，透明玻璃夾層歷歷分明，整個廚房爐台冰箱流理台與吧台，全都井井有條煥然一新矣。吃晚飯時，港元直呼不可思議，他說今天才知道原來他的冰箱夾層玻璃是透明的。唉，老媽的好處或許就是忌垢如仇，愛「除垢」吧！

但也或許正是丈母娘太用力，「除垢」過了頭，總覺得浴室裡的浴缸與馬桶座墊還有待清潔；第三天星期二老媽又再去刷廁所，這回刷過浴缸、刷過肥皂架、再刷馬桶蓋與座墊，刷著刷著，沒想到最後竟把象牙白色的馬桶座墊底部給刷得掉了漆！哇，看到馬桶蓋下露出棕色底色，我一臉赧然，這可怎麼辦呀？等港元下班回來，丈母娘趕緊主動去認罪，一切都是老媽的錯，求好心切太用力。不意女婿幽默的說：「這不是媽媽的錯，要怪美國的東西爛，才能刺激消費再買新貨。」也罷，老媽以後清潔時，就別使力太過，要記得保留幾分實力啦。

日常老美家居洗衣烘乾，是不晾曬衣服的，但德州陽光熾烈，天天華氏100度高溫，看在台灣老媽眼裡，衣服棉被不拿出去曬曬，正好殺殺菌，多麼可惜！於是，我自作主張獨樹一幟地在達拉斯晾起衣服來，前院有花有樹，草坪寬廣，怕晾曬衣服有礙觀瞻，後院則有圍籬遮蔽，較有隱私，我就把活動曬衣架、洗衣籃、還有休閒椅，全都拿來披掛晾曬衣服啦。早上洗好衣服晾出去，不消3小時，中午收進來，每件衣裳都有陽光的特有香味，酥酥的，暖洋洋，熱呼呼，好舒服。光曬過衣服還不過癮，我又找來熨斗，把港元的襯衫都給燙了，也把他愛穿的一條卡其褲破了的口袋邊緣和褲腳給補好了，不知道他下回穿上時，會不會有一點兒小小驚喜？

此次達拉斯一行，我跟著大寶港元四處進出遊逛，看到老美富庶一隅的德州天地寬闊，月兒明亮星辰多，水泥的道路寬闊車流量大，星條國旗與德州孤星州旗四處飛揚，缺水的牛仔故鄉處處市鎮是水塔，老墨小黑亞裔與白人融於一爐生存也不容易，眼前看到了許多，心底的體會更不少。匆匆來回12日，雖號稱是「丈母娘來臨檢」，其實增長見聞，添個女婿倒才是真正的大收穫啊！

1-4 達拉斯，大！大！大！
——見聞篇

這一趟美國行我定點來回，很單純的只為了參加大寶與港元在達拉斯的教堂婚儀而已，但也正因目標單一明確，所以飛機落地之後，老媽都一路跟著年輕人前後打轉，除了家居燒飯洗衣、看電視、打電腦，還跟著在達拉斯市區郊區、飯店教堂、賣場超市、購物中心等進進出出，更深入護膚學校、美容髮廊、指甲店，參與體會孩子們真實生活點滴，深刻感受到華人異邦奮鬥的艱辛與美式生活況味，同時也走馬看花，見識了達拉斯城市風貌之一二，說不上有什麼考察心得的大道理，只是眼底見了，心有所感，總覺他山之石可以攻錯，權且抒發抒發管見罷了。

男兒志在四方，年輕人出國留學深造，離鄉背井，家邦迢遠，既無外援資助，又要拚命爭出頭，要吃要住，要拿學位，還要拚工作，說來輕鬆，實則做來可不容易，隻身在外，異邦奮鬥極為艱辛，孩子們有志氣，能吃苦，真是值得衷心敬佩的。

留學生一碗公搞定一切！

我看到港元的廚房裡沒什麼餐具，就幾個喝水的馬克杯和幾個大小碗公，幾根湯匙幾雙筷子和三個碟子，其中有些還缺角腐朽早該淘汰了。這餐具實在有點簡陋，又怎麼沒小碗可吃飯呢？港元說：「碗公方便啊！泡麵、喝湯、吃飯、吃水果，一個大碗公全都搞定了，留學生沒人用小碗，沒時間講究餐具啦。」從留學生時代到開始上班，乃至如今即將成家，幾年來港元就這麼幾個碗公，自炊自食，解決民生大事；我家大寶也是如此，多少年了，從聖地牙哥、舊金山、到愛荷華，還是那個大同電鍋最好用，煮飯、燉肉、蒸饅頭、蒸蛋，全靠它一鍋搞定，外加三兩個大碗公，飯菜全疊上，就一起下肚了。

想想，每個孩子在家都是媽媽的寶，出外就必須堅強獨立自主去奮鬥，老媽看到孩子們的素樸碗公生活，實在有幾分心疼與不捨，在美國的日子就自動打理三餐，為孩子主中饋啦！雖然還是用著大碗公，但碗裡有鯛魚湯、咖哩雞、肉骨茶、櫻花蝦炒飯等等和時鮮蔬果，摻有媽媽的味道，碗公滋味應該不錯吧。

資本主義，車與卡的世界！

美國是個標準資本主義社會，一切向「錢」看齊，日常生活無「車」無「卡」就寸步難行，活不下去了。地廣人稀的德州有石油、有科技、有畜牧，是富庶進步的，可是出門無車不可行，車子價格比台北稍低（一部日本豐田2000約值1.7萬美元而已），但車子要保險、要加油，油費可不便宜。住屋雖然相對比台北便宜（達拉斯一幢獨立屋約值20萬美元而已），但養屋費用可就高了。房子要貸款、要保險、要水電瓦斯、要修剪花木與施肥，樣樣都要錢，隔週請老墨（墨西哥工人）修剪花木要20大洋，施肥也要20大洋，每月水費超過100大洋，電費更高達300大洋以上，貸款與保險更是一項大支出，竟然吃飯購物所有消費州政府都還要課稅8.25%，而且每樣消費支出全記在「卡」裡，想逃稅？門兒都沒有！

唉，生活不容易，要憑本事在異邦立足更不容易，學會理財管錢，在這兒就更顯要緊，我想不要有貪慕奢華的慾念，能夠勤儉持家，儉樸過生活，日子也是可以過得豐富自在又快樂的。我知道，港元為了省錢，每天上班先把車開到DART輕軌捷運站免費停車，然後換搭DART上班，可以節省在市區一天3元的停車費與來回油費，這就是勤儉之道啊。

美式服務，輕！輕！輕！貴！貴！貴！

由於大寶的教堂婚禮在即，因而聯繫美容護膚按摩與指甲店，要妝點一下門面，我這老媽也隨行順便體驗一下老美服務，結果第一次嘗試老美的美式護膚按摩美容與洗髮，我發現老美怕死、怕糾紛，所以美式服務精神就是：Smooth！Smooth！Smooth！凡事樣樣都輕輕的抓兩下就好，不僅不過癮、沒搔到癢處，還有點兒敷衍，洗頭只有清水沖沖，沒用洗髮精，沒有抓抓頭皮、按摩按摩，頭髮只是簡單吹乾，變不出花樣，（我說要curly小捲，wave波浪，她竟指著問是黑人的辮子頭嗎？真嚇人。）然後就人人都給梳個「碗公頭」交差了，（我旁邊坐的金髮老太太也一樣吹直髮，頂個碗公妹妹頭出去。）唉，老美洗頭，抓不到竅門，而且收費又高，實在划不來。

我們娘兒倆先去越南人開的美甲店，按摩手腳後上個指甲油，不過爾爾，竟要價70大洋，折合台幣2000多哩！服務普通，收費高，效果卻又不怎麼樣，回家一洗菜燒飯，手指甲顏料立刻破損缺角。隔天遠征達拉斯市區一家Aveda美容學校，學生來實習服務、有老師督導，比其他店家約便宜3成，大寶做臉部護膚、身體按摩美容，我則洗頭加肩頸按摩，還換個指甲顏色，結果一趟下來，大寶70大洋、老媽30大洋，比起台北內湖洗頭台幣135，三總頭頸背部按摩台幣300，泰式全身指壓台幣1200，美國人工實在貴多了。所以一回台北，我隔天一早立即去美容院與按摩館報到，享受一下道地的服務啦。

德州傳奇，大！大！大！

德州的樣樣東西都巨大無比，Everything is so HUGE！我剛到達拉斯時，正巧是月圓日，出門看月亮清朗明亮，藍天開闊星辰閃耀，一輪大又亮皎潔的銀月裡樹姿綽約，啊，難道真是外國的月亮比較圓？白天外出，再看街上，天寬地闊，馬路筆直寬闊，屋宇草坪也寬闊，胖大的人、男男女女壯碩者比比皆是，巨無霸的食物、大大的漢堡、大大的墨西哥捲，連蔬菜水果個個都長得巨大無比！青椒壯碩、葡萄壯碩、芹菜壯碩，樣樣蔬果都是巨無霸，甚至仙人掌花兒葉兒也比常見的還要巨大。好笑的是，地方寬闊，購物中心與賣場當然特別大，連建築物上插的美國星條旗與德州州旗，和各家商店自有旗幟，也都一面一面格外的大！什麼原因讓德州人們胖大、植物蔬果胖大，連旗幟也跟著胖大？我百思不解。

不過在一個老師眼裡，看德州巨型州旗四處飄揚，真有點小小感慨。達拉斯處處學校插國旗州旗與校旗，麥當勞插國旗州旗與店旗，連德州儀器、大華超市與Out Let賣場公司行號也都如此，老美的愛國愛鄉教育，可真徹底而不含糊。什麼時候我們也會如此有自信又真誠的四處亮出我們的國旗呢？

達拉斯建築，很藝術！很有心！

由於女婿港元學的是建築，且任職美商國際建築設計公司，應該算是城市建築與規劃的專業人員，建築美學的專家了。這回赴美短暫停留，丈母娘就跟著他去公司逛逛，看看他的工作場所與作品；跟著到教堂、餐廳、商場，還隨著攝影師拍結婚戶外照片，瀏覽達拉斯街景，一路上也偷學了不少。從雜誌上建築大師的話裡，我現學現賣，知道了“Gardens are the results of a collaboration between art and nature.”達拉斯的建築與城市風貌之所以會如此美麗而吸引人，就是老美融合在地自然景觀與藝術，做了番平衡與協調，才如此有特色。將達拉斯的高科技與德州的地大物博，人文藝術與科技結合，就可以呈現達拉斯的特有在地風貌：寬闊的天地、高聳的大樓、名師建築林立、日光水紋倒影、生活機能便利、土地利用規劃完善……。所以同樣的，我們是否可以說“Cities are the results of a collaboration between technics、civilization and nature.”呢？真希望我們自己的土地上的建築與規劃也有這麼用心的一天。

輯二

達拉斯待產

台灣阿嬤萬里單飛美國行，
達拉斯初體驗，老人與狗陪著待產婦。
阿嬤來嘗鮮，觀察東西孕婦大不同。
寶貝未報到，阿嬤先忙著日劇與小說，昏天暗地。

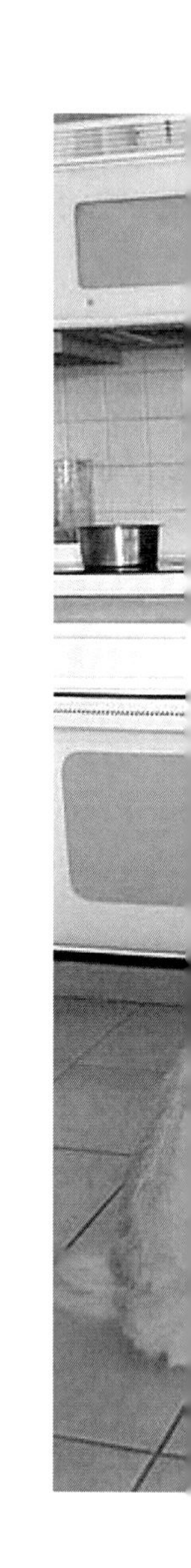

2-1 阿嬤與狗

來到德州達拉斯，準備當阿嬤，第一週的預備工作是執行「寶寶裝備」檢查，以及和黃金獵犬Ginger陳金桔建立好關係。

大寶女兒預產期在九月下旬，我從半年前就開始計畫，準備要來達拉斯幫她坐月子了。四月份先訂購「風車坐月子全套調理組」與「珍珠粉」空運過來，五月初又寄母嬰書籍衣物與食譜過來，六月初確定行程、訂妥赴美來回機票，七八月份採購嬰兒用品、蒐羅坐月子經驗、打包行李、整裝待發。終於在八月二十六日啟程，扛著一大二小兩皮箱，飛越萬里、滿心期待、來到達拉斯了！

達拉斯，我來第三趟了，2010年暑假大寶與港元要辦教堂婚禮，我揹著婚紗，來看他們拍婚紗照、參加教堂儀式，住了半個月；2011年小多來上暑期課程，我來當公子的陪讀書僮，停留近兩個月；今年任務不同，要來迎接新生命，準備當阿嬤的，打算長駐三個半月哩！偏偏達拉斯機場一年比一年退步，飛機延誤、海關人多擁擠、機場官員態度更糟糕，竟然出關已是三小時之後了！機場大廳裡過移民廳的等候隊伍，人龍迂迴四五六折，大家的耐性都快被焦躁磨盡，我排到前頭要往窗口列隊時，還被服務員神氣的斥責：「Back! Back! Until 9 o'clock, I am the boss, not you!」結果過海關就這樣足足等了兩個半小時，拿了行李又要排隊等半小時通關，才出得了機場大門。機場官員態度既散漫又傲慢，窗口開得少不打緊、官員喝水聊天講電話、旅客絲毫不敢得罪，許多國內線國際線轉機的人臉都綠了，趕不上飛機又何奈。（唉，在人屋簷下，不得不低頭，還是自己國家好。）

　　週日傍晚回到達拉斯家中，我立刻捲袖子開始執行「寶寶裝備」清點：大寶採買了嬰兒床、嬰兒車、嬰兒搖籃、嬰兒座椅、還有部分床褥被套寢具、嬰兒服與玩具；我從台北帶來了兩小皮箱的寶寶衣物和禮物，從初生到六個月的內衣外衣、包毯、斗蓬、手套、襪套、學步鞋到帽子、布尿布、浴巾毛巾、還有金飾、紅包等等。沒有時差的，翌日週一早晨，我就開始著手清洗寶寶衣物，把小衣服、浴巾、被套等分成三天過過水、曬太陽。第一天洗的是自家新購置的衣物，第二天是親友與教會朋友贈送的「恩典牌」衣物，第三天清洗被褥床單與小襪子小手套，晾衣架上小小衣服迎風招展，曬過太陽，香香暖暖的，觸感柔柔滑滑的，一件一件折疊起來、分類分齡收進櫃子。啊，寶寶，阿嬤歡迎你！

接著週四週五女婿特別帶丈母娘去看看大寶即將生產的醫院，還陪著大寶一起到診所產檢，見過產科醫生、看過醫院設施，還開車走一趟「臨盆之路」，讓我安心不少。大寶住在Dallas北邊的Allen，生產的醫院在Allen的西邊Frisco，產檢的醫生診所則在Dallas的Downtown，從家裡到診所約20分鐘車程，到醫院約10分鐘，那醫院設備完善、新穎，寬敞又便利。我們去醫院參觀的時候，嬰兒室只看到一個洋娃娃兒，外邊交誼室倒是有許多小哥哥小姊姊與爸爸在聊天玩耍，感覺頗有天倫樂。同一天，我們去診所產檢、照超音波、與醫師會談，在候診室就擠滿了白的黑的黃的紅的各族裔的準媽媽，有夫妻組、有母女組，也有孕婦單槍匹馬或帶著稚齡孩子的，大家都是臉上微微笑，彼此祝福，期待各自的寶寶降臨，這大同世界真美好。我們三個大人跟醫生談過，又看到4D超音波影像，小T寶臉頰肉肉胖胖的，已經很有娃兒樣了，活力十足，表情豐富，我們都很開心，推門出來時也是一臉微笑，見人就點頭呢。

來達拉斯是準備迎接小T寶的，但我先見到的卻是大寶和港元養的另一寶：Golden Retriever黃金獵犬Ginger陳金桔。Ginger去年11月13日出生，奶油白色，英國品種，系出名門，祖父與父母都是得獎的冠軍犬；聖誕節前送來大寶家，目前已10個月大，60磅重，50公分高，很漂亮、優雅、溫馴，但不會吠叫、與人親暱、是隻可愛的陪伴犬。來達拉斯一週，阿嬤與狗日日相伴，在Ginger心目中，現在我絕對是家裡的第一好人，好阿嬤了。

Ginger初見阿嬤時，就毫不怕生的湊近我身旁，這兒嗅嗅、那兒聞聞，不停的搖尾巴，左繞右繞，兩隻眼睛黑乎乎的、直鉤鉤、仰著脖子巴望著我，牠一定是想跟我說：阿嬤，你好。是吧？Ginger雖然走路有點外八，興奮時還會全身微微發顫，又愛往人兩腿之間湊近嗅不停，讓人尷尬無言，但總之Ginger還滿討人歡喜的！

我早晨起床，會開門讓Ginger到院子裡草坪上尿尿；然後我運動練八段錦、打太極拳，Ginger就在一旁觀看，貼著我腿邊左前方45度端坐，又繞到右前方45度端坐，兩隻前腳併攏，很淑女的故意討人歡心；我準備早餐或中飯晚飯時，Ginger就在廚房玩牠自己的狗玩具，順便觀察阿嬤的動靜，伺機貼身玩玩親暱的撒嬌遊戲；我到院子裡晾曬衣服，收進衣服時，Ginger又可以出來透透氣放風一下；吃飯的時候，Ginger更是圍繞桌邊身旁，想分享一下美食，我曾給牠三小塊雞皮，女婿認為不宜破壞規矩，所以Ginger這一週鬧過二次小脾氣不吃狗飼料，就只好讓牠餓肚子啦。

書上說，黃金獵犬很聰明，智商高，排名第四。但Ginger至今只會Shake和Sit，要牠趴下、臥倒、站立都不會，有點懶、不肯學、又膽小。好笑的是，狗兒尿尿不是該抬起後腿來嗎？Ginger卻不論大號小號都趴蹲著，拉長身子、前腿站著、後腿蹲下，人模人樣的，跟古早時候人們蹲茅坑一個樣兒，沒個狗樣子！

這溫和的黃金獵犬是很適合與人相伴的，Ginger平常隨意坐立，身體及眼神輕鬆，尾巴輕微擺動；開心時，大力擺動尾巴，張嘴喘氣，眼神雀躍；好奇或疑惑時，頭側著，豎起耳朵同時眼睛瞪大。黃金獵犬天生有討好主人的衝動，喜歡和人在一起，性情非常溫和，雖然說精神上牠要三歲以上才完全成熟，但終其一生都保持小狗似的特性，天真爛漫，活到老善良溫馴的本質依然不變。現在黃金獵犬被許多人當作家庭陪伴犬、導盲犬、醫療犬（狗醫生）、尋回犬（找回獵物），是很受歡迎的狗兒。這一趟達拉斯行，T寶還沒來報到，先有Ginger相伴，阿嬤也開心啊！

2-2 東西「孕」大不同

來到達拉斯陪大寶女兒待產，我見識到東西方「孕」事大不相同，孕婦裝穿著、孕婦心態、外表與思維，在太平洋兩岸都「隔水」有別；而且女兒和我30多年前懷孕生產也是天差地別，有迥然之異，可謂是「今昔」有別；連在雅加達的婆婆看了大寶的懷孕部落格「When T-Bo comes to our life……」（http://littletworld.blogspot.com/），都忍不住說：「唉呀，懿慈寫好多好多，什麼都寫，什麼都說，我們以前都不敢說呢。」確實，時代大不同，東西「孕」事硬是不一樣兒！

說起懷孕有喜，從老祖母時代到我們當年，大家都略顯羞澀、含蓄低調的、懷孕六週看過醫生才見真章，等慢慢肚子隆起才穿起孕婦裝「虛張聲勢」讓人知曉。但現在，自家用什麼「驗孕棒」一有喜就立刻答案揭曉，要恭喜要慶祝要提醒要叮嚀的，該知道的人沒一個漏掉！時間上也是嚴絲密合、無縫接軌，「孕」事訊息傳遞公開、迅捷，與曩昔大相逕庭。

孕婦穿著孕婦裝，天經地義，要寬鬆舒適、健康安全、便於活動，美觀似乎不是第一考量。我年輕時，就有「孕媽咪」、「樣媽咪」孕婦專有服飾品牌，設計背心式洋裝、連身大肚裝，有時候親友同事姊妹淘之間還會以穿過的孕婦裝相贈，相互傳承。可這回我來到達拉斯，看大寶的衣櫥，竟沒有一件我認知的孕婦裝！現在孕婦穿什麼？大寶拿雜誌與孕婦服飾廣告給我看：「大家都穿兩截式的、貼身、突顯腹部線條的啦！誰還跟你們以前一樣，穿得跟隻大袋鼠似的！」孕婦該怎麼穿好看又舒服，見仁見智，但到了婦產科產檢，看到其他白的黑的黃的、歐亞拉丁非裔準媽媽們的穿著打扮，大寶所言果然不虛。在候診室裡就有幾個準媽咪圓滾滾的肚皮露一截出來納涼、下身搭超短熱褲；而多數人是以不同花色貼身上衣配七分褲鬆緊褲，個個渾圓的便便大腹一目了然！這是西方孕婦裝的流行趨勢，我無言，只是翻出老照片對照一下，我當年真像隻袋鼠嗎？

國情不同，東西有別，時代改變，服裝流行審美觀隨之改變也就罷了，在洋人的地盤上待產，吃食也是讓我這臺灣阿嬤處處驚奇。上99Ranch大華超市買菜，雖說是臺灣人開的店，賣的菜色貨品也台味十足，但我怎麼看怎麼怪。夏季的當季冬瓜煮冬瓜排骨湯最好，降火，可在這兒冬瓜不是長條一圈一圈切著成片狀來賣，而是圓的冬瓜對半對半切，呈1/8圓周一瓣一瓣賣，好怪。更讓我訝異的是，滿冰櫃的菜蔬瓜果，個頭小的似營養不良，如棗子、紅蘿蔔、馬鈴薯等；粗壯過老，不鮮嫩細緻的如芹菜、清江菜、高麗菜等；就連那水果釋迦，表皮該有一顆一顆的顆粒突起如釋迦牟尼頭的，這洋地方的釋迦竟然表皮平平的！唉，沒法子，我一邊叨唸一邊挑進推車裡，想念的是臺灣豐饒可口的蔬果，咱們湖光市場要什麼有什麼，物美價廉又方便，連鄰居郭家都自己種菜分享大家，心底不禁暗暗唱起：台北好，台北真是個好地方啊。眼前這三四個月，我只好「咬牙」陪著女兒女婿吃洋菜洋果子啦！

幸運的是，大寶在此看的洋醫生，態度輕鬆和善又不失專業，他會和藹可親的聊聊天，問診叮囑也詳盡，讓人安心。現在預產期進入倒數，我們每週看4D超音波影像，聽胎心，量肚圍，檢測子宮頸軟化狀況預測產期，大寶都鉅細靡遺寫進她的「When T-Bo comes to our life……An amazing journey with T-Bo : my pregnancy journal」部落格中。我或許真是老古董，老派想法，看大寶一五一十敘述懷孕事，偶而也和遠在雅加達的婆婆一樣，笑她說這麼多！但仔細一想，這就是愛的分享，待產是美麗的等待，我們慎重的按時產檢，期待小寶寶與媽媽平安順利，迎接小生命的到來，當然要留下美好的紀錄啊。至於穿什麼孕婦裝、吃哪些洋蔬果，東西孕事大不同，都不重要了呀。不是嗎？

2-3 也要「神」也要「人」

夏秋之際，我來達拉斯陪大寶女兒待產，看到大寶來美已10年，女婿來美也7年了，兩人已完全融入美式生活，讀書、工作與人際往來有那麼一個美國圈圈，待產中我跟著大寶接觸他們教會的朋友和台籍媽媽團伙伴，深感在異域生存凡事不容易，真是應了閩南語的俗諺：「也要『神』，也要『人』！」科學與宗教要平衡，專業知識與人際關懷不可缺少，尤其是在這山姆大叔的番邦，更是如此。

話說上週五，九月七日大寶生日，我們先陪著大寶去產檢，印度裔的醫生告知預測一週後、二週內娃兒就要誕生，我們滿心期待，晚上一家人歡歡喜喜去「大阪日式餐廳」慶祝。當晚我不知節制的大吃大喝，超大蟹腳、烤秋刀魚、烤生蠔、炸鱈魚片、鮮蝦壽司、火鍋……等一盤又一盤，在大寶推薦下吃過甜點烤布蕾後，就撐得連水果與招牌綠茶冰淇淋都沒空間，豎白旗了。結果就在離座上車返家時，我感覺左膝上方肌肉怪怪、一點痠疼，幾天來運動時感覺左膝關節偶而不太柔軟滑順，難道是運動傷害？肌肉拉傷？深夜返家沐浴就寢，心裡有一絲絲忐忑不安。

翌日週末早晨，我如常早起練了八段錦、打一段太極拳，感覺左膝確實不太「輪轉」，「分腳」抬不高、「下勢」下不去、「馬步」坐不好，一天之內狀況逐漸嚴重，中午我沒辦法跟著外出用餐、下午我不能一起出遊去植物園散步、晚上我竟舉步維艱、連上廁所洗澡都困難！我必須按著床鋪或座椅用右側起身，暫停片刻，俟痠疼無法屈膝著力的左腳拉直，然後再蹭蹭蹬蹬挪移進浴廁。天啊！我怎麼了？焦慮憂心又疼痛的我，上網查醫院衛教資料、反省自己的病歷、用藥與近期狀態，排除運動傷害的可能，判斷自己是痛風急性發作。可是，遠在美國，沒有熟識的專家可請教、沒有全民健保、沒有急診可就醫、我能求助於誰呢？真是叫天不應、叫地不靈，而我來美是有任務的，要迎接T寶誕生、要照顧大寶生產坐月子，我怎麼可以舉步維艱地杵在這兒呢？無助感油然生起，不知如何是好？

困頓中靈光一閃，有人可提供諮詢了！在大河裡漂流的我找到一支浮木：愛荷華的準藥學博士Frank同學（大寶的同學，有為青年）。電話中我先把自己的病史與用藥現況告訴Frank同學，再把眼前狀況描述一番，然後請教是否有藥物抵觸不可服用？現在該如何因應急症？很慶幸的，Frank同學以他的專業知識「隔空諮詢」，告訴我：這應該是急性痛風沒錯，多喝水、多休息、三日可緩解；目前的用藥沒有阿司匹林，要照常服用以維持平衡；日後要注意飲食攝取，多吃低普林的蔬果，高普林食物要節制，返台後，再做詳細檢驗，身體的保養維護最要緊。

週末深夜的電話諮詢安頓了我的心，雖不再徬徨焦慮，但身體上的痛苦煎熬，可真折騰人。一夜疼痛難眠，輾轉反側，要翻身需先以兩手輕輕抬腿挪到定位，移動位置想下床上廁所要先翻身、坐起、移腿拉直、單腳站立、蹭蹬分段前進，那痛是從骨子裡疼起、痛得肝膽腸胃五臟六腑都糾結在一起，行動困難、既費心又耗時，我第一次真正體會到何謂「痛徹心扉」了！在受苦磨難中，我咬牙忍耐，忍不住祈禱：「神啊，請祢醫治我的肢體，保守我，給我信心。」

痠疼難耐的左腿在週末夜是疼痛的高峰期，經過多喝水、多休息降低血中尿酸比，週日上午略有改善，大寶倆要上教堂，我便跟著去參加Plano華人教會的「主日崇拜」。當天陳牧師、師母與許多教友都很親切的歡迎我首次參加活動，我聽著陳牧師講「恩慈」，聽講道、唱聖歌、做禱告，會後還一起留下來吃飯（大寶與港元一個人$3元，我第一次來Free）。在喝水、休息、聽道、祈禱、飲食節制之下，腳痛是慢慢減緩了，從週末開始到週日週一週二之後，我自覺已能正常活動，可以行動自如了，啊，感謝神！感謝Frank同學！感謝許多聽我嘮叨、關心我、幫助我的人，感謝大家！讓我遇到這麼多好人，這是個有恩慈的世界。

我有時自忖：也要有神，也要有人，宗教與人際真的是維持生活充實平衡的天秤。在21世紀的今日，科技與醫學幫助我們減少許多疾病與勞苦所帶來的不幸，也提供我們許多便利與娛樂，但科學卻也常把藝術與奇蹟一併減去了——在精神上，我們需要神，需要奇蹟，需要依靠，宗教的奇蹟，是神的恩典，心靈依託便是我們精神的慰藉；在生活上，我們需要人，家人、親朋、友伴給予我們滿滿的愛，充足的關懷與包容，是最大的恩慈，正是我們生活動力的來源。

德州人口2285萬，與臺灣相近，面積卻是臺灣20倍，可說是地大物博，人煙稀少，出入沒車就等於沒了腳，我就發覺老美真是個個沒長腳，凡事Drive Thru，到Starbucks買咖啡Drive Thru，上銀行ATM提款Drive Thru，看醫生後到Pharmacy拿藥也是Drive Thru，其他加油、郵局、McDonald一缸子事兒當然也都是Drive Thru啦。天真爛漫的美國人常常是一股腦鑽研科技醫學或其他專業，生活單純的有點近乎愚蠢，家裡養的狗兒笨得不會叫，大寶的Ginger就是如此；連購物停車時，那停車場或路邊的鳥兒也照樣悠哉覓食，不知該躲開避人避車，絲毫沒有防衛心；前天在家我就一掌拍死一隻意外飛來的蒼蠅，停在桌邊角，毫無警覺的「佇」以待斃，有夠笨！或許是因為在這兒人太單純善良，連狗兒、鳥兒、昆蟲也都被感化了，這又要感謝神了。

看著不日之內即將生產的大寶，我知道作阿嬤、作媽媽的我任重道遠，把屎把尿教養照顧大寶長大，看著她畢業出國、結婚嫁人，現在懷孕即將臨盆，我忙著打點準備打理內外，生命代代傳衍，我們將歡喜迎接這上天賜予神奇的大禮，我們更要呵護新生命、扶持他健康平安成長，這生命的奇蹟，不就是「愛」？我們要仰賴神！我們也要仰賴人！

2-4 陷入日劇與小說的瘋狂中……

我單飛萬餘里來到達拉斯陪產，準備迎接小T寶，在這段等待的日子裡，我們雖做足了相關軟硬體與心理準備，但頭一遭當阿嬤，心中免不了猶存一絲緊張；夜裡不太敢深眠，生恐大寶陣痛密集就要開車上醫院了；白天料理家務與三餐之餘，還把坐月子食譜與筆記翻閱再三、盛裝米酒水的紙箱也打開檢視一番、腦中更默默溫習一下屆時該進行的程序，將流程在心中Review一遍，這才踏實。

就在這兩天週末假日，大寶在Iowa與Florida的兩位朋友，預產期都在9/28，小寶寶卻不約而同在9/13、9/16 就提早誕生了，立刻上face book通告週知，與大家分享喜悅。那，我們家預計9/24出來的T寶呢？要等哪一天才來報到啊？大寶另一位在New York的小學同學，預產期與T寶就差一天，我們都還等著，互相打氣，彼此加油，在家安心等待、耐心等待、放心等待，只有等待再等待囉。

等著等著，阿嬤來了三週，採買食物與衣物、寶寶食衣住行各項都已完成準備，現在萬事俱備，就等T寶了。這等待的當兒，一向「積極進取、認真負責、講求效率」的我，一反常態，天天晃悠晃悠，實在閒不住，悶得慌，就連e-mail信箱裡也沒有任何委託代辦的急件可忙，真清閒得徹底！我忍不住在face time上問孩子與先生：台北可有人找我？可有我的信件？皮蛋女兒說，沒事，郵件包裹服務中心都代收了。先生還揶揄我：「你以為你還當教務主任，很多人要找你啊！王老師，退休做阿嬤，別忙啦。」也罷！也罷！就在達拉斯當「英英美代子」吧，大寶推薦我看戲休閒，我於是發揮「超高效率」利用等待T寶的空檔已經看完三齣日劇劇集、七本閒書小說，每齣戲各11集、每本書約500多頁，果真是瘋狂又有效率！

八月底初來的第一週，我看了兩本小書：陶晶瑩的《我愛故我在》（圓神出版）與草莓圖騰的《情人的飽嗝：草莓圖騰的美味餐桌》（方智出版）。這兩本小書，讓我稍稍瞭解現代年輕人的思維與作為，因為作者各是媒體人氣主持人與網路明星作家；《我愛故我在》是陶晶瑩的愛情與婚姻觀，輕鬆詼諧卻也犀利敢言，新時代新思維，我雖不全然認同，但能理解；至於《情人的飽嗝》則是嫁個老法的草莓圖騰發表在部落格而出書的料理食譜與食物故事，看人說故事，像交了個朋友，心有戚戚焉，看人亮食譜，依樣畫葫蘆，我做了「蔥燒排骨」，大寶還大力按讚哩。一得也。

除了K完兩本小書，我這第一週還分三天看完2012最新的日劇《Legal High》：一個看似視錢如命的大律師古美門，搭配一個正義感十足的新手小律師黛，人物塑造採卡通式的誇張手法，但在搞笑的背後卻也探討了幾許社會問題與人生哲理，如：環保與發展、傳統價值與經濟、政治算計與輸贏⋯⋯。這是部值得一看、可以深思的單元劇集，不只是膚淺的笑鬧而已。

第二週，九月初，照常過著等待的日子，大寶推薦我看頗受歡迎的懸疑劇《上鎖的房間》，也是2012春季新劇，貴志佑介原著小說改編，劇本很精彩，劇情前有伏筆、結局意外，頗富巧思：一個保全開鎖專家榎本，貌似單純的學生宅男，實則冷靜、思維有邏輯，搭配一個搞笑的王牌大律師，卻有如柯南裡的毛利小五郎，虛有其表，外加一個女新手律師助理，熱心清純，三人小組一關關破解密室命案，集合了物理、化學、建築、犯罪心理、社會心理的知識，隨著劇情抽絲剝繭一起動腦推理，我也是花三天享受這11集的趣味與挑戰。

同時，這一週我一頭栽進懸疑小說裡，先後看了Dan Brown的《大騙局》Deception Point（時報出版）與Patricia Cornwell的《致命暴露》Unnatural Exposure（臉譜出版）兩本厚厚的鉅著。美國知名作家Dan Brown丹布朗（有名的《達文西密碼》作者）擅長蒐集科學、軍事、藝術、歷史、政治等資料融合成縝密又引人的小說，扣人心弦，教人忍不住拍案讚嘆，又低迴沈思不已！在《大騙局》裡有白宮與選戰、有航太科學與政治鬥爭、有媒體與政客，看得我血脈賁張、瞠目驚奇，尤其令人佩服的是背景資料的蒐羅與安排，真是絕妙高手啊！至於Patricia Cornwell派翠西亞康薇爾（有名的《屍體會說話》作者）從記者轉行當法醫部門檢驗記錄員，根據其法醫工作經驗寫成偵探小說，其中《From Potter's Field》還拍成電影，在《致命暴露》裡女法醫Kay Scarpetta追查連續殺人案，意外捲入天花病毒感染危機中，疫情與私情、社會安定與犯罪偵察，生命價值的探討就在小說情節裡與讀者心中不斷翻騰，這也是個深刻的說故事高手。

九月中旬第三週了，看T寶還未報到，阿嬤我抓緊時間繼續攻讀小說、猛看日劇，殺時間、趕進度，兩天之內看完11集的《家政婦三田》，三天看完了Dan Brown的《天使與魔鬼》Angels & Demons（時報出版），與薩蘇的《京城十案》（金城出版），效率實在驚人，大寶就嘲弄我太過認真，連看戲都「瘋狂」得「暴飲暴食」啦！

實則不是我瘋狂，而是松島菜菜子2011的《家政婦三田》太吸引人了，我週末先看兩集，週日白天連趕五集，欲罷不能連夜看完後面四集完結，才安心睡覺。這一齣家庭劇不同於一般愛情、懸疑戲碼，劇中不苟言笑的冷血保母，深入四個孩子的雇主家庭、父親外遇又懦弱、母親傷心自殺溺斃、孩子狀況接二連三，保母隱藏著個人身世秘密與不幸，卻為雇主家庭一一化解難題凝聚重生，故事環環相扣又感人、角色鮮活有特色，有笑有淚、有搖頭輕歎、也有頷首微笑，難怪觀眾滿意度120%！

這星期週間我也超英趕美式的大躍進，先看完Dan Brown丹布朗的《天使與魔鬼》，再看大陸簡字版的警探小說《京城十案》，東西小說比一比，別有一番滋味在心頭。全球勢不可擋的暢銷作家Dan Brown的小說真是沒話說，從歐洲核子研究中心、反物質減速器、到科學家命案、古宗教符號烙印、梵諦岡教宗與主教血案，故事集合了歷史、宗教藝術與科學，這是《達文西密碼》的前傳，充滿了懸疑與驚悚，卻又想像力豐富得教人不忍釋卷，非讀完閱畢不可！相對的，《京城十案》就顯得「小菜一碟」了，除了因口述聊天的輕鬆、不緊湊外，全書的架構梗概、時空規模、附屬智識，兩者有別，也算是我這阿嬤讀者太挑剔了吧。

啊，轉眼來美匆匆已過三週，算一算，我埋頭看了好些推理小說，也抱著iPad看了好些日劇，腦子塞進不少新東西，胸懷也填滿許多新情愫，等閒暇再仔細反芻吧！眼前還是看顧T寶要緊，你看今兒T寶她娘讓我開車去99 Ranch Market大華超市買菜，挺腹攤在副駕駛座上，一路比我還緊張，而T寶她爹也無心上班，直想放陪產假，這時候我一定要發揮「阿嬤中流抵柱」的穩定力量，站出來信心喊話：T寶準備好了，放心出來吧！阿嬤的日劇、閒書已經擱一邊去了。

輯三
台灣阿嬤美國行不行？

台灣阿嬤美國孫，到底行不行？
台灣心美國情，阿嬤獨創王小真月子餐。
育兒作戰，美國娃兒聽醫囑，照書養。
娃兒滿月慶功，老人與狗卻要產後憂鬱了。

3-1 生孩子誰不會？

生了！生了！小寶寶出生了！產房裡一個醫師、五個護士，一群老手醫護團隊，外加大寶、港元新手爸媽和我這新手阿嬤，迎接T寶的陣仗不小，眾人齊聲歡呼：Oh, amazing! So beautiful! What a pretty girl! Wow, gorgeous! Wonderful! 讚嘆聲中，港元興奮含淚親自剪臍帶，醫師忙著處理後半產程，護理人員穿梭準備寶寶照護，小娃兒剛出來，身上還包裹著一層油脂，就趴伏在大寶胸口，嬰兒與母親從肚子裡出來，Skin to skin親密接觸，這畫面讓人激動又感恩，場上的配角我看得心情澎湃，只有站一旁幫忙拍照而已！啊，這美妙的時刻，感謝神，賜予我們平安、健康、喜樂，感受並見證生命的奇異恩典。

大寶的預產期在9/24，兩週前的產前檢查就看似該生了，但T寶硬是要慢慢來，我們也只好捱著捱著靜待佳音啦。9/21清晨5點「見紅」，先到醫院「演習」一回，2小時之後被遣送回家，照樣繼續等待；9/22凌晨2點「破水」，大寶倆再次赴醫院報到，我則在家等候，用網路聯繫「前線」戰況，準備「後援」補給。在家待命的我直到4點多確定大寶可以留院待產，港元要我先睡一會兒，我才敢安睡，天亮後近8點知道有進展「開1指半」3cm了，醫師預估或許傍晚可以生出來，於是我準備晌午開始煮「產後第一方」（生化湯，幫助子宮收縮排惡露的），中午帶過去。

結果10點多港元就回到家，他一夜未眠，漱洗過後便一起出發再回醫院，生化湯泡了米酒水就先擱冰箱吧，與大寶並肩作戰優先，才是當前要務。果真，11點才回到醫院，要進電梯，大寶就來電呼救：「好痛呀，快受不了啦，你們快來啊！」於是，我們趕緊進產房去當啦啦隊，這讓我真大開眼界，自己雖生過3個孩子，近年也常陪晚輩添寶寶，可是老美這一套生產與接生方式與我過去印象迥然不同，真是服了他們。

美式生產，一人一間專屬產房，是待產室、也是產房、更是家屬休息室，房間裡有電視、沙發、躺椅、網路、浴廁，產婦的多功能床可伸縮拆組變身，是張醫療床，監測母嬰的儀器設備齊全，連新生兒的保溫盒醫療配備，也都一應俱全，類似五星級飯店，還供餐、供點心（茶水咖啡可樂汽水飲料餅乾無限制供應）。這樣的待產房設計，不會令人緊張畏懼，予人十足家庭溫馨感，我就看到大寶隔壁房來了一家三代八九口，包著頭巾的穆斯林準媽媽、歐裔準爸爸、外加奶奶、兄姐們和三個小朋友，歡樂的陪著臨盆孕婦入駐，好像來開PARTY一般，好不熱鬧。

大寶在床上喊著陣痛難忍，手腳俐落的黑人護士大姊讓港元去對面茶水供應室拿冰塊來，讓大寶嚼冰塊，Cool down！產婦吃冰塊，我聞所未聞，港元聳聳肩說：老美就是這樣啊。產婦手指與肚子上繫著監測帶，看胎兒心跳、看產婦陣痛指數、看產婦血壓與心跳等等，護士隨時看看螢幕與紀錄，向醫師匯報，為家屬釋疑，並安撫鼓舞產婦情緒，頗不簡單。要為大寶接生的Dr.Harris是德州大學醫學院教授、此地頗有名望的大牌醫師，他每小時進來問：How's going now？笑盈盈的，和藹可親，不斷鼓勵讚美說好話，大寶原來堅持要試試看，不打無痛分娩的麻醉劑，後來11點半，開到3指6cm，實在撐不下去，說她腰快斷了、為什麼這麼痛、骨頭快散掉了，於是立馬改弦更張，採「無痛分娩」吧！果然神效，止痛針一打下去，不再有唉唉慘叫、也沒有嚶嚶啼泣，立刻神態舒爽了。

中午產婦不能吃飯、連喝水也不行、只有打點滴的份兒，有了止痛針幫忙，大寶產程進展順利，我們陪產的就可以在一旁不內疚的吃起大餐（菜色豐富、媲美大飯店、醫院提供的外燴大餐），飯後我還用iPad看了一齣美國影集Suits金裝律師，我們閒著、產婦努力著、醫護人員忙著，一切順利，分工完美。

下午2點半，已經開到9cm了，哇，比預計的時程快多了，護士開始進行Push，幫著大寶一邊隨著陣痛高峰，一邊配合呼吸用力，其他的護士們忙著把醫師的手術器具、接生裝備、桌枱地面都布置起來，新生兒用具擺上，連大寶躺著的床也像變形金剛一樣，拆下折起拉高，馬上變成產枱了！好神奇。2點50分Dr.Harris醫師進場，他著裝完成、一切就緒，分配好港元站好位置準備剪臍帶，我到對面看著照相，護士們各就各位，大師一出手，口裡幽默打氣、手下三轉兩轉，不一會兒，呼的，3點11分娃兒已經被醫師的大手捧在空中了！娃兒一啼，港元喀擦一剪，神奇的一刻就停格了，這是我第一次看著一個新生命在眼前誕生，驚心動魄，滿心的只有讚嘆、心疼、感恩這奇蹟。

33年前我沒打止痛針，生下小小的大寶，把她拉拔長大，一路扶持叨叨念念，看她畢業、留學、嫁人，現在看她拚了所有氣力生下T寶，心裡情緒翻騰，不時咬咬下唇，自己搖搖頭，筆墨難以訴說。以前年輕，傻乎乎的我竟然生了3個，今日看來，實在勇氣過人，不可思議。

在產房看著監測儀器大寶心跳過快，我默默擔心；看著大寶滿頭大汗用力忍痛苦撐，口渴唇乾，我心疼不知如何分些氣力給她；看著醫師縫合撕裂傷，鮮血滴滴流的是我的孩子的血，我暗暗數著針數，更添不捨；看醫師挾著一塊又一塊止血紗布，用畢謹慎的清點再三，我一邊佩服一邊憂心，我的孩子大寶可還好？可安全？在做媽媽的眼裡，孩子永遠是需要保護的一塊心頭肉啊，即使她現在也要做媽了。

今天我頭一回看到新生兒剛出娘胎，原來是一身白色油脂裹護著的；小娃兒的臍帶原來長長的粗細如食指般，跟豬腸沒兩樣；娃兒的胎盤也和肉攤上的整片豬肝豬肺色澤相同，大小一般；小娃兒要誕生，需要不斷推擠，衝破層層封鎖線，原來母親是忍著最高級的撕裂劇痛、冒著生命危險，才換得一個新生命的到來的！這歷程真的是只有「驚心動魄」可形容，我祈禱著平安、順產、健康，看到小T寶清秀健康，很是欣慰，這下我可成了美國阿嬤，還真新鮮有趣。

想想，生命很奇妙，生命真美好，誰不會生孩子？大家都會生啊，生孩子似乎容易，實則真是不容易啊！先不說這場生命戰役有多辛勞，晚上醫院又送來大餐，犒賞大寶，陪產者也有份，明兒個老美還時興新生兒慶祝大餐，名之為Celebration Meal，有龍蝦牛排馬鈴薯泥花椰菜紅蘿蔔，全套的龍蝦大餐，怎樣？也來一客吧，美國阿嬤託大寶與T寶的福，當然有口福啦。哈。

3-2 美國月子怎麼做？

小寶寶誕生了！照顧產婦，為大寶做月子的任務就要正式「開工」了，但在這番邦異國，食材的取得、環境的差異、乃至觀念做法都有許多不同，雖然讓新手阿嬤「袂伸腳、袂出手，卡無利便。」（意即不能伸腳、不能出手、較不方便，無法自在施展身手。）但權變權變也是可行，再說師夷番邦，也能增廣見聞，且與時俱進，今昔有別，截長補短，更能小有收穫，安啦。

美國月子怎麼做？醫院是東西方最大不同，生產在老美看來產婦最大，有一整套以產婦與嬰兒為中心的專屬做法，專業、貼心、尊重，頗有可取之處。

「顧客至上」，出錢的是老大，所以院方老早就讓產婦提出「生產計畫」，舉凡要不要打點滴、打止痛劑、催生針、要什麼人陪產、是否拍照錄影、要採什麼方式生產、是否哺乳、有無指定餐飲、指定接生醫師等等，院方都尊重照辦。生產前醫院也為產婦提供許多課程，從懷孕開始就有許多爸媽共同參與的定期產檢、母親與胎兒的檢測、醫院見習課、生產歷程課、哺乳課、拉梅茲呼吸練習課、嬰兒照護課等等（大寶他們都去上過課，而且每回都有點心招待，還知道寶寶誕生後有龍蝦大餐可吃呢），聽說還有阿公阿嬤的課程（可惜我來晚了，而且沒時間，否則真該去見識一下哩），若有小哥哥小姊姊也有兄姐適應課。重點是：這些課程完全免費，就為了讓大家更喜歡醫院、更熟悉醫院，大家一起做好準備迎接即將到來的小寶寶，看來這策略與做法是成功的，溫馨周到又有人情味兒，產前準備功夫十足，軟硬體兼顧啊。

生產是在單一、專屬的待產房兼產房，有如五星級飯店套房般，設備齊全又有隱私，醫護人員的照護也很貼心專業。生產完畢，經過兩小時觀察休息沒問題，就轉往產婦休息房，這也是一間個人專屬套房，母嬰同房、家屬也在一起，三天兩夜，就像住進頂級飯店一樣，三餐供應西式飯店餐飲，早餐歐姆蛋、午餐烤牛排、晚上龍蝦大餐，沙拉麵包甜點水果飲料全套，營養豐富，所以剛生產這兩天我就不必送月子餐，只送自家煮的「產後第一方」生化湯與「活力飲」去醫院就好了，畢竟我還是不認同產婦嚼冰塊、喝冰水啊。

在產婦休息房裡，醫護人員不時穿梭，來給產婦量血壓、測心跳、看傷口、做產後護理與育嬰哺乳指導，服務周到，而且電話或按鈴隨傳隨到。產科和新生兒科醫師來為產婦及小寶寶做產後及出院前的檢查，積極有效率，小寶寶檢測是全身主要器官都要通過測驗才行，例如聽力測試，從腦波檢測，戴著像太空人一樣的配備，小T寶剛出生第一次測試右耳沒問題、左耳沒通過，醫師說無妨，可能還有水分汙漬殘留影響聽力，第二天再測，左右耳同時通過，一切OK才可以拿到醫師簽字許可回家去。

產後第三日回到自己家坐月子，大人小娃兒一起照顧，才是坐月子大挑戰的開始！大人好說，美國娃兒的帶法和台灣大不相同，睡覺不蓋被子、不用枕頭、只喝奶不喝水、月子裡也要按時上小兒科檢測成長狀況，真是「搞工」（費功夫）呢。

小人兒的部分，我知道張羅喝奶、換尿布、把屎把尿、24小時警報隨時會響，是頗難伺候的。但新手爸媽不願假手他人，大寶港元喜歡凡事自己來，兩人愛做事必躬親的「恭親王」，餵奶、拍打嗝、換尿布，外加帶出門到兒科體檢，每日要給娃兒看黑白圖案學習、講話、念聖經、唱兒歌，全都不用阿嬤出手幫忙，我只需要幫忙給娃兒洗澡、洗洗小衣服和尿布、煮煮奶瓶消毒而已，可真是「蛋糕一片」，（英文A piece of cake）簡單啦。

只不過看大寶倆兒每三小時操演一回，不分白日黑夜，一周下來倆兒都忙得黑眼圈成了貓熊一族，我雖心疼但卻不能說話提意見，因為奉我家爸比之命，在台北就再三交代我：到美國給人坐月子，千萬只要做、不要說、不要有個人意見。唉，沒錯，我自己的經驗是20年前的上個世紀事了，台北街坊育兒見聞又隔著太平洋，水土不同、國情有別，不說話沒事兒，看著就好唄。大寶說兒科醫師交代三小時喝一次奶，夜裡也一樣，娃兒睡著還得叫起來，否則會脫水！我只有閉嘴無言。這兒的兒科醫師又說新生兒三天洗一次澡，我就點頭照辦，或許大陸性氣候乾燥、不比台灣亞熱帶潮濕，所以這兒的新生兒少了小娃兒沐浴乳香、爽身粉香與奶香味兒，我笑說：也許T寶可以和法國人一樣免洗澡、灑香水了。

至於大人坐月子部份，就是休息與吃喝兩件事，調養身子、哺育嬰兒、身體復原，我要幫著打點吃喝飲食，這可是椿艱鉅大工程哪。我從台北帶來五六本坐月子食譜，外加探訪各家鄰居的月子秘笈筆記，日前小皮還又特地空運寄來一本「坐月子特效食譜」，參考資料很多、文獻探討也足夠、學理依據更沒話說，問題是要合主角大寶的胃口才行啊。

所以我綜合各家說法，月子第一周要排惡露、補血養神、利水消腫；第二周要補肝腎、強化筋骨、調整恢復；第三四周要補中益氣、補氣活血、安神明目、體力復原。於是我掌握產後熱補不可或缺的三大要素：麻油、老薑與米酒，每天準備早午晚三餐，外加上下午點心，還有燒煮每日的湯湯水水「產後第一方」、「活力飲」、「解渴茶」以及「滋養調理包」，認真變化菜色，結果呢？

或許是老媽年紀大、口味遲鈍了，煮個「麻油雞」從黃媽媽食譜、郭媽媽食譜、換到王小真食譜、再改成大寶指示修正的特效食譜，前後試驗煮過四回，終於一鍋麻油雞才被認可。點心「甜酒釀」也是一樣試了又試，第一次被嫌太甜太膩，第二次對米酒水稀釋又說還有酒味，直到第三回才被欣然接受、點頭認可。當然，這麼用心的王小真月子餐，也有極為成功、一上桌就被讚賞的時候，諸如：日式燉肉，紫米山藥粥、奶油南瓜山藥、紫米XO醬飯、鯛魚片清湯等等。

只是，採購坐月子食材，大華超市竟也來攪局，我要豬肝，女婿買回來標籤上是Pork Liver，保鮮膜裡面卻是兩顆豬心！還有此地電動屠宰、宰殺豬隻不放血，豬肉排骨都留有腥味，需先川燙去腥；這兒的雞肉全是飼養肉雞，沒什麼土雞、放山雞可挑，而且雞肉全都切好、雞胸雞腿分裝好了，真是沒得選擇啊。在這艱困的情勢之下，免費台傭不支薪，還能如此供應月子餐，差強人意，算還交待得過去啦，對吧？

現在大寶要坐月子休養身子，又要擠乳哺餵照顧嬰兒，可說是兩頭忙。昨兒晚上她餵完奶、抱著小娃兒哼著兒歌，忽兒竟悲從中來、多愁善感、抽抽噎噎地說：「這個星期發生太多事情、變化太快了，一切都回不去了！我剛剛竟然哼的是10歲時爸媽送我去東海大學參加夏令營唱的歌兒，我不是才10歲，怎麼突然已經33歲，小T寶都出來了，真的回不去了，都回不去了！」唉，生命列車就是如此，只有往前轆轆前進，把握當下，好好欣賞享受此刻風光吧！別想太多，能吃能睡就是福，別再產後憂鬱了。

今早與台北視訊時，娃兒在睡覺、大寶要我到餐廳邊Ginger狗兒那邊、輕聲說話，別吵醒小娃兒。結果，我家爸比聽了就回說：「回來台北吧！怎麼要跑到狗狗邊上說話！」唉，月子才做完第一周，我走不開呀，難道是你們想念我？台北需要我囉？老太太聽到被需要的召喚，心裡可樂的呢，再等一陣子吧。

3-3 古今坐月子奇觀

時代在進步，隨著社會變遷，許多事兒跟著改變，坐月子愈來愈時髦，還算是樁家庭大事件、賺錢新行業呢，可不是？我這趟來美國給大寶做月子，戰戰兢兢，比自己當年坐月子還認真還嚴謹，我還聽聞大寶幾位在美國、在台灣的朋友產後坐月子狀況，大家幾乎都是拚了命似的、想方設法、婆家娘家總動員、「全力以赴」坐月子，但想想以前我們那年代、還有更古早的時候，坐月子可就完全不是這麼回事兒呢。

在古早的「上古」時代，也就是我的祖母那年代（大約民國20年代），講求「多子多孫多福氣」，孩子越多越好，幾乎每個媽都生個10個8個的，生孩子稀鬆平常、坐月子當然沒什麼稀奇的！我娘家祖母和我婆家的祖母都是生了10個、11個孩子的，據聞他們當年都會自己接生，自己ㄉㄥ ㄗㄞˇ（閩南語：結臍帶，給新生兒臍帶打結），真是好厲害、好驚人、好勇敢。更令人咋舌的是，我們金門的老祖母80多年前生雙胞胎叔叔時，農曆4月29日自己接生、生了三叔，次日天亮之後就下田去工作，結果在田裡肚子又疼，回家又再生下四叔，當天已是5月1日，雙胞胎隔日又隔月，產程中間產婦還下田耕作去，這可真是奇聞呢！想一想，那年頭生產當日、生產次日都還下田的人，有可能休產假、坐月子休息嗎？恐怕連門兒都沒吧。

到了我媽的年代「中古」時期（約莫民國40年代），一家生個5、6個是正常的；當年重男輕女的觀念依然根深蒂固，孩子雖然比上一代「減量」減產了，可是拚個兒子卻是一定要的啦。我依稀記得媽媽要生弟弟時，祖母告誡我：「你阿母若生查甫，你就可以吃雞腿，若生查某，你就吃雞屎！」我有個嬸嬸生了六個孩子，前四個女兒、後二個兒子，當她生第三胎時，從婦產科傳回消息，再添千金，婆婆連去看孫女兒都沒去，可見當年產婦「添丁」壓力之大；尤有甚者，這嬸嬸因月子沒坐好，中年之後深受子宮脫垂及腰痠背疼之苦。我老母親那一代人，多半在婦產科生產或請產婆、助產士到府接生。（我出生時就是在三重的三合院老宅子裡，由產婆接生的。）至於那年代的月子當然就在自己家裡做，婆婆或妯娌幫忙打點，嬰兒自然都是母親自個兒哺乳的，只有少數奶水不足者或富貴人家才餵食小娃兒奶粉、米麩，或雇用奶媽、保母。

後來到我自己的「近古」時期（約莫民國60、70年代），政府倡導節育政策，提出「兩個孩子恰恰好，男孩女孩一樣好」的口號，大家多半真的只生兩個小孩了，而且男女平等觀念漸漸普及，許多人家只生女兒也都「沒事兒」。那年代正是台灣經濟起飛時，客廳即工廠、家家拚經濟、雙薪家庭多，連帶的，職業婦女為了上班很少哺餵母乳，嬰兒喝牛奶大行其道。（外國進口高檔的S26、菲士蘭、雪印，大受歡迎，經濟實惠的味全AGU也很普及。）那時節生孩子已經都是上醫院、要產檢、由專業婦產科醫師接生的了，坐月子則多半在婆家或娘家自己做，只有少數人花錢雇人到府坐月子幫傭。我生三個孩子都是娘家媽媽來幫忙，洗洗、煮煮、兼帶娃兒，只是當時我個人胃口不佳，一個月子下來吃不到二隻雞，所以至今仍戀戀麻油雞香，最愛那滋味兒與香味兒，或許是「不滿足」的補償心理作祟吧。

說起來往昔古早時候，緣於男尊女卑的傳統觀念，婦女在家中不具地位，加上環境不好，營養不佳，對產婦而言坐月子算是一種犒賞，一方面也是補充營養吧。但時至「現代」社會（民國90年代以後），男女平權，更因少子化之故，人口成長率逐年遞減，每對夫妻所生的小孩平均僅有1.6個，生寶寶這檔事兒也就越發被重視、被稱許、被鼓勵了，「坐月子」自然也備受關注，五花八門、花樣繁多，這是時勢所趨，算新潮流吧！

設想一下，從懷胎以後，做媽媽的體質特性經歷重大變化，五臟六腑、筋脈骨骼全都擠壓移位，臨到生產時劇痛、出血、出汗、體力耗費、氣血耗損，分娩的耗損實不亞於一場大手術，亟需調養復原。因此在中國人傳統觀念裡，坐月子正是產後調理、恢復體力及預防損傷的最佳時機，倘若月子做不好，恐怕後患不小呢。

大寶在美國的朋友A，坐月子是小倆口自己來，生完孩子、先生正巧出差遠行去，先生就替她燉了一大鍋麻油雞，讓她自己微波加熱當月子餐。另外，同學C的婆婆由台飛美，來幫忙坐月子；同學W也是婆家公婆飛來坐月子、接著娘家媽媽來帶娃兒，一棒接一棒玩接力；還有此地教會的Q媽給自己媳婦兒坐完月子，順便開業，就在自家開起月子中心來了。（在西岸LA華人聚集區，就有全套台式坐月子中心，台籍醫師、台籍護理人員、台籍看護幫傭阿桑，花錢就有專案服務，從生產到月子吃住醫療照護全套的呢。）看來台灣人在美國生寶寶，多半還是依循傳統坐月子，只是得就地取材、用美國豬、美國雞、美國牛、美國菜蔬瓜果，配上台南歸仁進口的米酒水、公賣局的米酒、台北的黑麻油，湊合著讓美國坐月子一樣可以一室飄香。

這些年我們許多鄰居媽媽的女兒或媳婦兒生寶寶，都是讓娘家媽媽或婆婆幫忙坐月子，既供餐又幫忙帶小娃兒的。大寶在台的同學L，生了一兒一女，則是訂月子餐送到府，坐月子的另外半套，才分別由娘家媽媽與婆婆幫忙照看嬰兒。至於大寶的表妹、表嫂、堂嫂，還有鄰居弟妹、一些同學生寶寶則都是到坐月子中心，由專人照顧產婦與嬰兒，享受飯店式服務，讓產婦好好休養。我分析了一下，今日坐月子類型，概如下表：

方式	優點	缺點	價格	備註
在娘家婆家坐月子	1 心情較自在 2 可自選菜餚 3 花費較省	婆婆媽媽與產婦觀念不同	約1~2萬元	事前觀念需溝通
進駐坐月子中心	1 產婦可充分休息 2 嬰兒有專人照顧	1 花費較高 2 非自宅，較無安全感	約10~15萬元	需預約並注意合約內容
專人到府坐月子	1 有人協助簡易家事，產婦可休息 2 嬰兒有專人照顧	價格偏高	約4~9萬元	需預約並注意各項服務與收費
外送月子餐到府服務	1 產婦可在家坐月子 2 較有安全感	無法完全排除外務與家務，可能打擾休息	約5~7萬元	居住地不一定有外送服務，並注意計價方式
小倆口自己坐月子	1 可按自己意思坐月子 2 有安全感	經驗不足又無幫手，難免有狀況	約1~2萬元	小夫妻要彼此更包容、體諒

這一趟「美國新手阿嬤坐月子大躍進」，我真是嘗遍新鮮、看遍奇觀、也大有斬獲，快成坐月子「半事通」了。老媽就為了大寶女兒，捨不得、也不放心她隻身在異國生產、奮鬥，舉目無親，坐月子沒有老媽怎麼行？因而平日在台北，王小真原本不太講究吃食、廚藝也不甚精進，特地蒐羅月子食譜、採集街坊秘笈、還認真鑽研烹調技巧，最後才端得出幾道月子料理來！真是比自己生孩子還用心、更仔細了。

只是，大老遠飛越萬里來美坐月子，大寶說她可以獨享母愛四個月，老媽卻拋夫別子、還丟下學生與親友，心底仍是兩地懸掛牽念，不是當了阿嬤就樂不思「台」啊。畢竟思念不是單向的，才來美一個多月，學生已經上「非思不可」說想念老師、要老師快回去教他們，爸比也在「非思太母」上頻頻召喚，快回台吧。

剛在德州過中秋，大寶還閉關坐月子中，我特意出門看那外國的月亮，一輪明月高高掛，果真又大又圓又亮，因為此地緯度較高、地方又遼闊，滿天星光燦爛，煞是好看！獨在異鄉為客，佳節思親是常情，雖不至如白居易兄弟分散各處，「共看明月應垂淚，一夜鄉心五處同」，但「月圓人團圓」，但願人長久，千里共嬋娟，能全家團聚一處，總是較圓滿的，不是嗎？回到眼前現實裡，這段時日我就暫且做個現代「孝女」，好好幫大寶做月子，享受一下，當個快樂阿嬤吧。

3-4 天兵大作戰

印象中的「月內房」是麻油雞香撲鼻而來，還有米酒香、爆薑味兒，混雜著嬰兒奶香與爽身粉、娃兒體香，間或偶聞幾聲「哇哇」哭啼，十分溫馨、引人、有寧馨兒、有母愛天倫，十足幸福天堂的畫面。看別人家生孩子、帶孩子，充滿生命的豐盛美好，而且轉眼之間小人兒忽地就長大了，令人心羨又渴望，似乎很容易又有趣味啊；其實，養個孩子真是這麼如反掌折枝、超簡單？錯，錯，錯，我看現在大寶坐月子，養個孩子跟打仗一樣，套用我家爸比的軍事術語，必須戰略規畫、戰術應用、兵力部署、後勤支援、配備齊全，缺一不可，這任務可謂艱鉅，想要打贏這場育兒大作戰，真是超級不簡單！

大寶在家坐月子、自己哺育小娃兒，新手媽媽翻遍中英文育嬰寶典數十冊，第一個寶寶一切「照書養」，還每周三四通電話諮詢專業醫師與護士、每個周末固定預約母嬰到院一對一哺乳練習上課，結果兩周來「日也操、暝也操」，三個大人（一對寶貝爸媽加新手阿嬤）被一個小人兒給操翻、整慘、完全被打敗了，以前人說當阿公阿嬤有「含飴弄孫」之樂，我看現在已經變成「含飴被孫弄」呢！不知是我們玩小娃兒、還是小娃兒玩我們了。

大寶說Dr.Leila Denmark《百歲醫師教我的育兒寶典》裡丹瑪醫師的說法與做法被很多人抨擊，不能盡信；Heidi Murkoff,Arlene Eisenberg & Sandee Hathaway等醫師寫的《What To Expect The First Year》，內容豐富、資料齊全、包羅萬象、現代新穎又暢銷，是值得參考的育兒小百科；另外，Harvey Karp,M.D.卡帕醫師寫的《The Happiest Baby on the Block》，提出The new way to calm crying and help your newborn baby sleep longer，比較人性化、可接受、又實用。綜觀各家寶典說法，大寶是主張「親密」派而非「訓練」派作法，所以，出生前三個月等同懷孕第四階段，要給寶寶足夠的愛的關懷與安全感、慢慢適應新環境，於是，大寶一遇上狀況就先翻書查閱，當警報持續無法解除時，就打電話請教醫師，我看連醫師也都跟著我們隨時on call「戰備提升」了！

小寶寶出生第三天回家後，我們先後碰上的狀況包括：她尿布上有一絲絲血跡，那是女娃兒跟著媽媽從娘胎帶出來的「假性月經」，屬正常現象，書上有說，上課也有提過，可放心。她手指甲太尖，會刮傷自己，護士建議用嬰兒專用指甲剪修剪磨平。還有大寶發現小娃兒肚皮上、兩隻小腿和腳背上有脫皮現象，我一看就問：「要不要抹嬰兒油？」女婿立刻跳起來：「不可以！什麼油都不可以搽！上課時醫師有說過，一看到皮膚怎樣，第一個說要抹油的，一定是Grandma，不是Parents！」結果等到過二日上小兒科體檢，醫師說那皮脂脫落是小朋友正在長大，沒事。這些都是小事兒、小兒科，真正的大事兒，是「餵奶」和「睡眠」，那才是精彩的單兵大作戰。

大家都知道產婦剛生產是無法立即分泌乳汁的，但小寶寶一出生就嗷嗷待哺，只好先以配方奶應急，俟產後三天左右開始漲奶，才能哺餵母乳；偏偏我家小T寶食量大（一如她娘大寶嬰兒時），性子又急躁（好似她阿姨小皮），大人準備動作慢就吱吱叫，每一頓餵奶都要動員三兩人，真是急煞人呀。剛出生時，醫院每次只餵20cc奶量，回家後餵食量一天一變化，第一周從20cc→30cc→50cc→60cc，小寶寶似乎仍沒吃飽，三小時間隔縮成二小時，甚至一小時半就啼哭，鬧著不睡覺，又要再喝奶了；直到回家後第一個周末到醫院上哺乳練習課，請教護士才知道按照寶寶體重每餐可以吃2~4盎司乳汁，也就是60cc~120cc的奶量，所以是我們虧待小T寶，沒讓她吃飽，於是第二周直接從80cc→90cc→110cc，每餐都供給充足，不虞匱乏，現在娃兒總算不再「ㄎㄠˋㄧㄠ」（哭餃，叫肚子餓）了。

但是為了滿足小娃兒的吃喝，大寶必需供應無虞，而且哺育快速又得法才行，這就是大挑戰了。雖說坐月子吃月子餐有「發奶秘方」，可促進乳汁分泌，花生燉豬腳和魚片湯等海鮮類都是，供應娃兒吃食的「源頭」不是問題；可是生手媽媽碰上急性子寶寶，麻煩就大了。從剛生產就在醫院學熱敷、集乳、哺乳，結果回家後還是一直哺餵不順利，娃兒吸不到、吃不夠、吃太慢，東轉西轉、尋尋覓覓、小娃兒急得哇哇啼，只好向醫院預約去上哺乳練習課啦。上了課才知道吸吮雖是本能，但也是要練習、要指導的，小T寶吸吮力道夠、舌頭卻沒放對地方（左右捲、上下動），回家要先用手指給她練習舌頭下壓，看來這吸吮練習又是新生兒學習另一章了。（新生兒看黑白書，是學習第一章，因為醫師說這階段的嬰兒只能辨識黑白圖案。）

由於大寶堅持要哺餵母乳，可是小娃兒等不及、吸吮太慢，所以就先「集乳」，裝奶瓶哺餵。而且為了將來要上班，也必須「集乳」，因此大寶去醫院上哺乳課就帶了一套電動集乳器回來，每天用幫浦把乳汁Pump出來，上午下午晚上都在Pump，看來很認真，也很辛苦，一天Pump出700cc~800cc的乳量，成績可觀。

但「慘案」發生了！處女座的大寶太認真、太執著，為了年底畢業的博士論文小小尾巴與謝辭，坐月子中還在撰稿，一邊打電腦一邊集乳，先是電動集乳器Pump滿集乳瓶，溢出而不察，正懊惱著，接著又邊看paper、邊手動集乳，被自己打翻半瓶乳汁，好生氣。偏偏這時候家狗Ginger跟前跟後、礙手礙腳、愛湊熱鬧，大寶又氣又累，正找不到出氣筒，Ginger自動找上門，就慘遭魚池之殃，成了受氣包了，「走開！討厭！別過來！」可憐的Ginger被喝斥、夾著尾巴、一臉哀怨、滿眼無辜的跑到角落去趴著了。

唉！產婦情緒起伏大，容易激動、多愁善感、喜怒哀樂明顯，我們都知道要小心謹慎應對，不敢造次「攖其鋒」，只有這笨狗兒Ginger老愛貼上來示好，真是「憨仔不怕槍仔兒」，還勞動我家爸比在face time視訊裡「為狗請命」，要大寶別為小事抓狂，坐月子調養身子，健康第一、母嬰優先、學業其次，事分緩急輕重，只要不牴觸大原則的都沒關係，一件件慢慢來，別焦躁，狗兒無辜，別牽怒。

只不過道理人人懂，事情說得容易，可臨到手上就難辦了。尤其碰上只會哇哇大哭的新生兒「天兵」，有理說不清、不能講理、不能對話、更不能發脾氣修理懲戒，只能察言觀色、檢查各種狀況看需求，在夜深人靜時，懷抱久哄不睡的「天兵」，餵奶、換尿布、翻翻檢檢察無屎尿、滿屋子來回踱步，不斷哄哄哄，哄到無言以對、無歌可哼，只有無語問「天兵」：寶貝，你怎麼還不睡？我們可都睏了呢。

小T寶回家之後，兩周來，二三天就操演一回日夜顛倒的夜不眠，遇到「夜襲」時，真是「師老兵疲」，人仰馬翻，恨不得把娃兒塞回大寶肚子裡去！尿布髒了、換得慢，哭；肚子餓了、吃不到奶，哭；睏極了、睡不安穩，哭；那哭聲先是「嗯啊」低低一二聲示警預告，接著大人沒有立即處置，就改成「哇啊哇啊」大聲呼喚，好似火車行進轟隆轟隆，一聲比一聲加急加快，那聲聲急的催促、拉高音調如鋼絲拔向天際，清亮剔透、節奏分明、完整樂句不中斷、沒有休止符暫歇，持續的聽個五分鐘，保證人人豎起白旗投降，無力抵抗。

我看大寶從半夜12:00起來餵奶、00:20尿濕尿布、00:50拉屎清理、01:30飢餓啼哭再次餵奶、到02:20睏極累壞了仍張開大眼睛轉著哇哇鬧著、直到

03:00才偃旗息鼓「收兵」進入入睡狀態，這一折騰前後近三小時，大寶就上上下下、來來回回，抱著哄、走著哄，還嘴裡一邊模擬子宮裡的水聲「噓一噓一噓」，好讓小娃兒有回到子宮的安全感，新手媽媽實在用心良苦，但也真蠢得可愛又可憐，這要「噓」多久？「噓」不累嗎？早晨天一亮，我建議立刻上網去買個嬰兒音樂裝置，掛在小床邊上，免得嘴痠啊。

還在月子裡的新生兒要調整作息，有人兩周、有人六周、大寶說需要三個月，才能分清楚白晝黑夜，為了T寶免於「夜襲」，除了博採專業醫師建議之外，各家秘笈也都送給大寶參考：台北的表姊說畫個太陽、夜裡貼床頭有效；金門的堂哥說娃兒衣服反面曬、是古法傳說；內湖鄰居黃媽媽說剪張紅紙、放進小娃兒衣服裡是偏方；阿嬤我就「三管齊下」，全都照辦，現在月子進入後半、第三周了，看起來「略有小成」，「噓」！娃兒的事，不能說，不能說，千萬不能說。

閩南話俗諺說：「手抱孩兒，才知父母時。」

意思是：養兒方知父母恩，現在看大寶「育兒大作戰」，真是辛苦備至，想當年我帶三個孩子長大，好像都忘了曾嘗盡什麼苦頭，是自己健忘？還是失智了？最近看到一段希臘小影片，一對父子與麻雀的故事，拍得很有意思：在庭院長椅子上、兒子看報、老父親望著樹上一隻麻雀……

父親：那是什麼？

兒子：是麻雀。

父親：那是什麼？

兒子：我剛才告訴過你，那是麻雀。

父親：那是什麼？

兒子：是麻雀！爸，是一隻麻雀——麻……雀！

父親：那是什麼？

兒子：你為何要這樣問？

我告訴你很多次，那是隻麻雀！

你不能明白嗎？

父親起身，兒子問：你要去哪？

父親回來，拿了一本筆記給兒子，示意要

他照著內容唸……

父親：唸！

兒子照著唸：

今天我與兒子坐在公園，

那個幾天前才長成三歲的兒子……

當麻雀停在我們旁邊時，

我的兒子問了我21次那是什麼？

而我回答了21次那是什麼……是隻麻雀！

每當他問我一個問題，

我每回答他一次便擁抱他一次，

一次又一次的回答他……

沒有因此而發脾氣，

因為我是這樣由衷的鍾愛著我那純真的兒子……

兒子唸完後，知道自己錯了，便擁抱著父親……（http://youtu.be/ekCEZa54hK4）

想一想，手抱孩兒大作戰時，父母確實辛苦，褓抱提攜，輕聲細語；但當父母年邁時，我們如何對待老父母？可曾耐心包容、體諒呵護？唉，想想自己兒時，父母對我們有多好吧。

3-5 台灣囝仔美國娃兒

小T寶滿月了！台灣囝仔，生在番邦，還得當美國娃兒養，阿嬤入境問俗、從善如流，全部一一照辦，以跟上時代，但洋規矩多、新花樣也不少，深感美國娃兒「卡」難帶！從待產、出生到坐月子，陪著、看著、忙著，現在滿月了，體重增加3磅、身長占同齡生長曲線90%位置，成績可觀，阿嬤不敢自誇有「功」，但任務圓滿完成，自知該準備「身退」了。（情緒有點複雜，百味雜陳。）

孩子是上天最美的恩賜與大禮，所以我們滿懷感恩與喜悅地迎接新生命的降臨，但孩子也是上天給我們最大的責任與考驗。小娃兒剛出生時，在醫院有醫護人員協助，第三天一回家後，新手爸媽興沖沖親自上陣，阿嬤可袖手，免參與，結果娃兒隔一二小時就吃喝、屎尿、哭鬧、哄睡，不分晝夜、來來回回循環不間歇，把屎把尿餵奶措手不及、娃兒啼聲可震屋宇，尤其夜啼不眠時，全家上下神經緊繃快崩潰，一陣兵荒馬亂，日夜操演一周下來，產婦大寶睡眠不足、休息不夠、脾氣不好、心情不平，眼看這月子若沒做好，可是我的罪過啊，阿嬤趕緊加入「育兒」戰局，三個大人「對」一個娃兒，阿嬤Day care、Night care，Baby care、Mother care，通通都care了，確實是辛苦、忙碌、又任重道遠，只不過「歡喜做、甘願受」，天下父母心罷了。

台灣囝仔美國娃兒T寶「照書養」，就這樣依循洋人書上的專家理論、實證研究與建議，參照辦理，就是要養個在地美國娃兒。老美認為小寶寶是獨立個體，一切作為均以娃兒為中心：美國娃兒出生前就得命名，就安排好專屬照料的醫師與診所，一出生嬰兒床上小卡寫的就是小寶寶姓名、出生日期時間、身長、體重，至於寶寶的醫師、媽媽的醫師及媽媽姓名，是列在最末註記，附帶一提的。新生兒在醫院小兒科醫師就來做第一次體檢、打預防針，出生三天回家後再帶去做第二次檢驗，兩周大還再上新生兒診所追蹤成長狀況、做新生兒血液篩檢，然後滿二個月、四個月、六個月大，都要再去打疫苗並做健檢。娃兒出生一周，醫院就寄來T寶的「社會安全碼」（等同身分證）與出生證明，所有資料都是小寶寶的名字，她不附屬於爸媽的！只不過「小人兒」現時裡還無法自主表達意見，一切還得聽她爹娘的哩。

T寶爸爸說：頭型要顧好，要左右輪著側睡，像老美後腦勺尖的長型頭，不可睡扁，這兒醫師說若是「扁頭症」要戴安全帽治療，一頂帽子3000元大洋，又貴又麻煩，小心顧著！於是，阿嬤好生小心護著，以前人嘲弄「ㄎㄡ頭」是「前ㄎㄡ金、後ㄎㄡ銀」，如今時代變了，風水輪流轉，娃兒還要睡成「ㄎㄡ頭」才漂亮哩。

T寶媽媽說：娃兒哭一定有事，要給她安全感、給她愛、要看、要換、要抱、要說話，每三小時要餵奶、哭了餓了也要餵奶、睡著還要叫醒餵奶、否則娃兒會脫水！至於娃兒「日夜顛倒」與哭鬧Fuzzy，大寶也堅持要給娃兒時間，畢竟她才二三周大，還小，要慢慢適應外在環境，不急、不急。於是，大家都

「撐著點兒」，阿嬤全神貫注、小心伺候著娃兒的吃喝拉撒睡，她爹娘就專職照顧「月內」娃兒的學習，聽音樂、看黑白書、讀聖經、講故事等Learning Time，還有練習頸部支撐的Tummy Time。唉，看這方式養個娃兒真是不簡單，以前人常叫「罔腰、罔市」，ㄇㄛ ㄧㄡ、ㄇㄛ ㄑㄧ，意即隨便養、隨便飼，孩子個個是老天爺養的「天公仔」，自然放養，自然長大，哪需要這麼多規矩？真太「搞工」（費功夫）了。

T寶醫師對於小娃兒的成長狀況很滿意，但知道她會夜啼哭鬧不休時，醫師說：新生兒一小時之內的Fuzzy，是容許的，娃兒哭啼有助肺部發展，但若持續二三小時，就需了解是否肚子脹氣、絞痛，可用Colic Calm，滴一小滴在娃兒嘴裡，有緩解效果。醫師的專業叮嚀是：等待，等到10磅這神奇數字Magic number出現，相信一切就會改觀，至不濟，也還有Colic Calm「神奇滴劑」可幫忙。

坐月子一周一周過，日子就在大人「艱苦」娃兒「爽」裡過，小T寶滿月時體重突破10磅，吃得多了、睡得長了，果真一切都往正常軌道前進中，實在可喜可賀。小T寶滿月當天，她爹也買回「全天然」的「神奇滴劑」Colic Calm備用，那晚上娃兒該睡覺了、卻還打嗝蹬腿用力時，才滴了一小滴，幾秒鐘立刻歸於平靜，呼吸勻稱、不打嗝、舒眉、闔眼、入睡了！效果神速，難道這也是「美國仙丹」不成？

一個月，看著娃兒「一暝大一寸」，一周一周在成長，會聽音辨位了、會看光影移動了、會隨小馬小象烏龜布偶旋轉視線了、會隨音樂手舞足蹈咿哦發聲了、會與人對看可以安撫了、會……會……了，著實令人欣慰。但換個角度，從「小人兒」的立場設想，小娃兒離開娘胎來「出世」，也確實「辛苦」，她原本泰然自若住在娘胎裡，吃喝拉撒都無虞、拳打腳踢也隨意，長得夠大了想出來透透氣，還得擠啊、推啊、衝破層層關卡，歷盡艱辛才能來到新世界，誕生後，哇的大哭：「辛苦開始了」！外面的世界雖然遼闊又自由，卻不比子宮舒適安穩，一切有親娘供應，她要開始自己呼吸、自己覓食、自己排泄，自己適應那未知的、充滿風險的「漫漫人生」哪！真是「苦」啊！大人，你們真懂嗎？

娃兒的苦，大人真的是搞不懂的，甚至還只會攪局呢。小T寶出生後才剛像海獅脫殼般、手上腳上身上臉上皮屑一一脫落，（醫師說那是old skin脫落，代表她正在長大。）脫皮還沒完全，滿月前兩天竟又在臉上長起粉刺小痘痘，兩天內蔓延得兩頰額頭一臉花，紅通通的一張「貓臉」，好慘！（「貓臉」娃兒的滿月照穿件可愛小花洋裝，她爹見了都搖頭，說活脫脫像個小猴子，還促狹地問何時穿虎鞋、戴虎帽？比較有整體感。）T寶她爸說：女生最重要的就是臉蛋，怎麼可以毀了？快去給醫師看看！就醫前T寶爸媽就焦慮的先行四面八方找「禍首」，檢視娃兒糞便與皮膚，猜想是母奶造成的？小衣服曬太陽汙染的？還是過敏？結果從中英文網站與專書上找了一堆資料，餵食母奶的媽媽不能吃花椰菜、高麗菜、白蘿蔔、黃瓜、馬鈴薯、芋頭、地瓜、南瓜、巧克力、起司、牛奶、全麥麵包、柑橘、蘋果……等等，洋洋灑灑一大串、近百樣食物，都會讓嬰兒脹氣、不消化，幾乎常吃的菜蔬瓜果食品都不能碰了，聽得我一個頭兩個大，以後飯菜怎麼煮啊？T寶爸又說：外面空氣髒，隨風飄揚的花粉、樹葉、灰塵、蟲卵、狗屎……等等，飄到衣服上，不過敏、起疹子才怪呢！以後小娃兒衣服別拿出去曬了！狀況不明，阿嬤我只有閉嘴旁聽的份兒，唉。

為拯救「貓臉」娃兒的臉蛋，T寶她媽急電診所詢問要掛號，結果醫師說：這是新生兒適應環境的正常現象，體內的內分泌、荷爾蒙自然運作產生的結果，那臉上的粉刺小疹丘不必就醫、也不必治療、一二周內可痊癒。這兩天大寶媽媽團好友來訪，還提供了偏方：用母奶塗抹臉部，母奶可是養顏美容聖品，滋潤患部，保證有效！於是，T寶吃完奶，阿嬤就為她塗塗母奶試試看，感覺有進步喔！不過算算時間，上周四開始出現兩三小粉刺、周五消失、周六大發、周日達高峰，今兒滿一周，應該也是要趨緩漸癒了啦。台灣囝仔美國娃兒的「貓臉」歲月，也是小人兒的人生新鮮體驗啊。

3-6 產後憂鬱症的老人與狗？

大寶月子已經坐完、出月了！真是謝天謝地、感謝神、感謝諸多醫護人員與海內外親友的幫忙，寶寶健康、產婦平安、一切順利，從年初得知懷孕到秋末迎接T寶誕生，大家這一路可辛苦了！產婦大寶當然是擔綱此「生命大片」的第一女主角，T寶是最耀眼的、最搶戲的最佳新人獎，阿嬤只在這齣大戲裡跑龍套，坐完月子，戲差不多就該散了，阿嬤這「邊配角色」也該準備退場返台，心情有些複雜，該不會大寶沒事兒，反而阿嬤與Ginger老人與狗得了產後憂鬱吧？

由於大寶是SLE（紅斑性狼瘡）患者，幾年來免疫力狀況控制良好，結婚後就沒再服藥，這回懷孕要生寶寶，大家格外高興、也格外謹慎。一月中，我家爸比一知道要當阿公了，馬上電匯五千大洋給大寶看醫生、買東西，要她健康第一、保持心情平穩、學業與就業一件件慢慢來。由於SLE患者懷孕是有風險的，所以大寶自己要看婦產科、風濕免疫科、高風險科三位大夫，外加一位小兒新生科醫師，要監測小寶寶胚胎的成長發育狀況，大半年小心翼翼的產檢、篩選、檢驗、休養，一個月又一個月小寶寶逐漸長大，最重要的心臟健康良好，染色體等各項檢測也都一一過關，大寶的血糖、心臟、腎臟、肺臟、血壓、免疫力等狀況也都正常，每次檢驗，進度到哪？結果怎樣？後續如何？遠在太平洋彼岸的我和爸比倆也一樣緊盯著、關注著，直到暑假快臨盆了，醫囑母嬰狀況一切良好，我們那不敢說出口的隱隱的掛慮、兩顆久懸在半空中的心，這才慢慢放下，稍稍鬆口氣。

父母心永遠被孩子占據、填滿的。春天四月，懷孕中期，我先寄部分育嬰書籍與大寶表姊的小娃兒衣服，接著大寶為了換車（2008 Toyota Corolla要換RAV4休旅車），她要求從台北的戶頭再轉來四千美金貼補，之後五月份我又給她寄來珍珠粉及坐月子調理組備用，七月份我又再匯款五千大洋給她養胎補身、就醫看診之用，出發來美前，八月份我還採買備置許多嬰兒用品衣服與各色禮物，行囊塞得滿滿的，當然很現實的、我也帶了三千大洋要給大寶坐月子用。（只是最近手頭緊，這錢是掏盡口袋、硬擠出來的，看年底退休人員的年終慰問金也沒了，真慘。）這大半年，前前後後關心、匯款、叮嚀，甚至連人都飛過來坐鎮、幫忙了，這做媽的心，真的是一片片、一絲絲全都惦念著孩子的，我私心底想著：趁著坐月子，我一定要幫大寶把健康給「補」回來，生她、養她，給她健康的身體是第一要務，她免疫系統出了狀況，算是老媽「欠」她的，就藉著生產坐月子的機會，把她「調」回來吧。坐月子期間，我甘心幫她煮、幫她洗、幫她帶娃兒，只要她身子養好，一切勞務就讓老媽代勞吧。

天天煮煮洗洗、湯湯水水、正餐點心、產婦娃兒的，月子做完，大寶就可以「出關」了。可其實大寶根本沒「入關」！哪兒要「出關」？月子期間，她一會兒帶娃兒到小兒科體檢（兩次），一會兒母嬰到院上課哺乳練習（兩次），一會兒又是產婦回診

（一次），甚至第二周起還天天早晚開車出門，到DART車站（Dallas輕軌電車）接送港元上下班！年輕人說：能下床就可以出門的，老美同事生產完一周就帶著娃兒逛百貨公司shopping去了，月子哪兒關得住？在家也不可能關房裡，她要上上下下餵奶、哄娃兒滿屋子走、到書房看書寫論文用電腦，這些事兒做媽的我都「替不了手」，催她、趕她、念她都不是，只有暗地裡擔心她坐月子休息不夠、睡眠不足、臥床時間太短，怎麼辦？心裡焦急、無奈，又不能替她睡覺去，就只得默默的做個「無聲月子幫傭」唄。

產後第一周，大寶這新手媽媽忙得昏天暗地，手足無措，餵奶不順利、娃兒也哄不睡、把屎把尿忙不迭，「產婦兼奶媽」日夜操演之下，只有豎白旗一途，雖然有吃有喝有進補，但沒時間休息躺不夠，當然成了黑眼圈的貓熊一族。第二周起，大寶更一人身兼數職：固定的早晚接送「當司機」（一為省錢，因港元若開車耗油；二為安全，因娃兒夜啼餵奶，港元也遲睡，早晨開車上班危險。）；一日多次pump奶供乳「當乳牛」（有電動、有手動pump奶器，pump

好裝瓶，或冷藏或現貨供應。）；還要趕工煎熬撰寫畢業論文「當博士」（生產前沒寫完，產後第二周趕緊追進度，第三周10/15終於大功告成交卷，預計11月回Iowa論文答辯，12月畢業。）。在忙碌的月子裡，產婦還兼這麼多差，恐怕三頭六臂都忙不完，要千手觀音才夠看了，雖然生過三個孩子、也是職業婦女、下班還自己帶娃兒的阿嬤我，往昔的經驗完全派不上場，看大寶這忙碌勁兒，也只能搖頭嘆息，愛莫能助，插不上手、「莫法度」，老媽就陪著她硬撐下去、這月子一定要挺過去呀！

好不容易，娃兒一天天成長，月子結束、日子要恢復正常了。女婿前些天就詢問著：何時滿月啊？大約是陪著吃月子餐吃膩了。滿月前的周末假日，老媽就識趣的鼓勵她倆上館子先慶祝去，然後滿月開始的晚餐就恢復由大寶掌廚了。但，平淡平實的日子，風平浪靜還是少不了大小漣漪，風波難免，有喜慶，也有煩憂。很高興大寶生產前謀職有成，畢業後的工作已有著落，明年一月初將應聘到華府政府單位上班，所以近日裡必需搬家找房子（從達拉斯到華盛頓特區）、必須托嬰找保母（大寶堅持娃兒要跟著娘、自己照顧），時間往前走、事情一件件處理，大人小孩、工作保母都好處理，但Ginger狗兒怎麼辦？D C租屋處不方便飼養寵物，且照顧娃兒已應接不暇、精疲力竭，哪有餘力與餘暇可看顧Ginger？

Ginger狗兒何去何從？留美？返台？送人？寄養？或遣返原來的狗兒育種中心？詢問高雄陳爸可否領養被拒、台北我家爸比鼻子過敏不能飼養寵物，返台路不通；問過達拉斯幾位友人，已有家犬難添狗口者有之、愛狗但家人反對者有之、有意願卻無回音者有之，續留達拉斯機會不大；此地難留，送返休士頓狗兒育種中心與Ginger爸媽重敘天倫好嗎？幾番周折，捨不得、難割捨、放不下又難兩全，正煩惱著，好不容易經介紹現在有人要領養Ginger，真是太好了，這一家美國爸爸、日本媽媽、家有三個小孩、曾養過狗兒、現在想領養Ginger，算是有緣人啊。Ginger，看來我們要道再見了。

自從大寶生產後，Ginger就「失寵」，少人關愛了。大寶在醫院生寶寶那三天，Ginger獨自在家，我早晚給牠狗食、放牠到後院上廁所，看Ginger胃口特佳、跟前跟後、興奮搖尾，應該是想討人歡心趕走落寞吧？但是，小寶寶回家後，大寶不僅無暇理會Ginger，更覺牠礙手礙腳：咬爛狗玩具、棉線撕滿地，挨揍；做菜時跟著團團轉，伺機撿拾零碎食物，挨揍；出去玩兒，叫不回來，又滾得滿身草屑，挨揍……。看牠小狗兒不懂事幾番挨揍，我還幾分心疼，也難怪Ginger一臉哀怨，要得「產後憂鬱症」了。罷了，人生無不散的筵席，狗兒與人一體適用，總有分手的那一刻，Ginger找到有緣人家，去吧，分別在即，祝你幸福。

多愁善感的阿嬤我想到要與狗分離，有點小小感傷，想到再過些日子，12月我也將返台，與大寶、T寶分別，到時候大寶搬家、新環境、新工作、小奶娃、事業家庭蠟燭兩頭燒，可忙得過來？這小T寶的生活作息還沒調整好，到保母家可能適應？思前想後，牽牽絆絆地我也要得「產後憂鬱症」了。一點點沮喪的，想到龍應台的《目送》，最最親密的母子父女情緣，一次又一次的「目送」，生命裡必然有那放手分別的時刻啊。龍應台說：「所謂父女母子一場，只不過意味著，你和他的緣分就是今生今世不斷地在目送他的背影漸行漸遠。你站立在小路的這一端，看著他逐漸消失在小路轉彎的地方，而且，他用背影默默告訴你：不必追。」

人生啊人生，不要想太多！能吃能睡能笑，就是福氣，能愛也被愛，更有福氣，暫且放寬胸懷，一切隨緣吧。愛沒有重量，愛也不是負擔，愛是一種喜悅的關懷與無求的付出！來美國坐月子、當阿嬤，就歡歡喜喜、珍惜當下，下回到華盛頓去，春天賞櫻、冬天看雪，T寶也長大會叫「阿嬤」了。也許有一些人活在記憶裡，刻骨銘心；有一些人活在身邊，卻很遙遠。如果清風有情，那麼明月可鑑；如果落花有情，那麼流水可懂；如果流星有情，那麼星空可睹。清風明月，適情適性，不用矯情，也不用濫情傷感，阿嬤與狗兒都不用產後憂鬱了。（附記：最後Ginger是狗落廖家，在搬家前夕被達拉斯此地的好友廖家收容了，很圓滿，狀況良好。）

輯四
美式生活

美國居，大不易。

台灣阿嬤獨到觀察，搬家先來個網路拍賣。

萬聖節歡樂扮鬼，感恩節溫馨聚餐。

世界連結一指通，網路臉書好溝通。

4-1 搬家大拍賣

大寶在facebook上忍不住貼出「動態訊息」，因為她在網站上貼出拍賣傢俬訊息，馬上就有人回應，才一小時不到，四格實木書櫃18元立即被搬走了，再過一會兒二抽小櫃也10元賣出被帶走了，隔天早上連大寶自己睡的雙人床鋪也60元現金被搬走了。接著，住附近的大寶同學又來拿走九格木製書櫃，友情價5元就好；陸陸續續還有人上門來看椅子、地毯、書櫃等等，將這些不搬走的家具上網拍賣出清，真的是「什麼都有，什麼都賣，一點都不奇怪！」搬家網路大拍賣，一拍即合，看中意就拿走，銀貨兩訖，愈賣愈順手，難怪大寶要賣上癮了呢。

大寶10月中接獲正式通知，準備應聘到華府、元月份開始上班，所以必須從德州達拉斯遷居華盛頓特區，德州在美洲大陸中西部的南方，華府在東北部的邊角上，直線距離有1350英里（2173公里），等於從台灣頭到台灣尾五倍多的距離，這距離、不是自己「螞蟻搬家」可完成，遠距搬家確實是大事一樁，要聯繫搬家公司到府估價、比價、簽約、裝箱、運送等等，看一屋子大小物件、零碎東西真不少，打包鍋碗瓢盆、衣服書籍、床鋪桌椅、電視電腦、還有奶瓶尿布、娃兒吃喝拉撒睡用具，哇，可真是工程浩大呢。大寶花了十天，找了五家搬家公司來洽談估價，最後決定了價格、時程與載運重量等細節。於是，10月下旬就先清理不能帶走的「超重」物件了。

為精簡搬運物件，因應遷居華府後住處空間較小，大寶將去年從Iowa搬過來的許多家具桌椅床舖書櫃都得「處理」掉；那些「家當」是她2006年到Iowa念書陸續添購的，有舒服的藤製balloon chair「星球椅」，有方便的futon「沙發床」，還有大小櫃子、桌椅、茶几和檯燈、立燈等等，林林總總，都堪用、卻無法帶走。怎麼辦？拍賣吧，既不浪費又環保。

10年前2002年大寶到加州聖地牙哥念書，2004年畢業後搬到舊金山工作，後來返台一年，幾次搬遷時不用的家具都是上網拍賣處理，就連車子也一樣，所以，大寶早就「熟門熟路」，這回遠距大搬家，也依循昔日經驗，上網拍賣，方便又快速。我自己搬家經驗豐富，不用的家具就是送人或淘汰，資源回收去，從沒想過要拍賣家具，第一次看到如此拍賣法兒，很新鮮。時代真變了，生活方式都改變了，買賣都上網公告、搜尋、洽談、成交，老太太我的旁觀心得一是：我老了，世界變了。

看大寶拍賣傢俬，拍個照片、上傳網站，接著有人回應詢問，就回電郵與電話聯繫交貨收錢，十分便捷。前前後後八九個人來家裡拿走家具，男男女女、形形色色、什麼人都有，大家都在網路買家具，這印證了：網路是新時代所有人的重要「交際」媒介！我真的老了，不會上網拍賣家具物件，所以那「所有人」都以網路做媒介交際，我除外。哀。

還有老太太我的旁觀心得二是：美國真是個民族大熔爐！黑白黃紅各色人種、歐亞美非中東不同族裔，在這兒都可見到。來向大寶買書櫃的是個年輕白人男子，身材壯碩、T恤休閒褲、短短的淡棕色頭髮、說話有禮又得體，感覺十分soft，很親切，可這大男生走起路來「婀娜多姿」、蓮步輕移、還扭腰擺臀呢。臨走前，他還撚著蘭花指、看上大寶的綠色小盆栽、問是否可隨櫃相贈，大寶讓他自己挑、自己拿兩個走。我與大寶心底都認為這先生八成是個gay。來拿走大床的是個黑人辣媽，足登細跟高跟鞋、身著緊身黑洋裝、身材姣好、健談開朗，她指揮著白人壯男部屬搬運床墊上貨卡，說著她有三個小孩了，是個房屋出租經紀人等等。至於來搬走小櫃子的，有一個是墨西哥裔年輕女孩，個頭嬌小、面貌姣好、膚色白皙；另一個是包了頭巾的穆斯林女孩，中等身形、臉蛋也漂亮，很斯文，看來是中東裔；還有一對白人夫妻拿買走書櫃，看長像、聽口音應該是歐裔，熱情又和善。當然，來取貨的還有說中文的自己人，大寶的同學、咱們老中、黃皮膚黑頭髮的「龍的傳人」啦。我看大寶和這些「五色人」交易，都很平和，十分爽快，頗有世界大同、天下一家的味道。我短期觀察，「見微知著」，美國這大地方，什麼人種都有，什麼事兒都不稀奇，彼此尊重、和平共處，還真有趣。

現在大寶搬家大拍賣，能拍賣的差不多都已賣出，就連「沙發床」futon也談妥以80元成交，只剩個balloon chair「星球椅」買家還沒敲定，怎樣，您也上網來看貨嗎？手腳可要快喔。

4-2 萬聖節說鬼話

這一趟來美羈留三四個月，正巧碰上萬聖節Halloween，午後在社區散步時，順便觀賞了各家鄰居的過節裝置，果真琳琅滿目，濃濃的鬼節氣氛頗有趣味，大寶女兒還特別準備了兩大包糖果，準備分送當晚扮成鬼怪上門的小朋友，洋人的節日，入境隨俗吧。只是，心中不免好奇，這Halloween究竟是什麼玩意兒？

萬聖節Halloween是西方傳統的第三大節日，僅次於耶誕節和感恩節。Halloween這一天不論大人或小孩，都可以盡其所能的作怪，而不會招致異樣眼光，小朋友還可以裝扮怪異的到各家去討糖吃：「Trick or treat？」大部份的家庭會在院子裡擺上幾顆南瓜或是和真人一般高的稻草人，並且在窗戶上裝飾小小的南瓜燈，或是掛上一副骷髏骨骸；有些人也會在前門上方掛些蜘蛛網，放置蝙蝠、黑貓、蜘蛛等等。愛熱鬧或是家有年輕人的家庭還會舉辦化妝舞會，或是將家裏裝飾成鬼屋呢！Halloween為何要裝神弄鬼呢？

10月31日Halloween究竟怎麼來的？在天主教會裡，11月1日是諸聖日（All Saints Day），隔天11月2日則為萬靈日（All Souls Day），或譯為追思亡者節，這可以說是萬聖節Halloween的緣起，是個追思亡者的鬼節，或許和我們的中元普度相當吧。

原來西元前五世紀，距今二千多年前，愛爾蘭的塞爾特Celtic族人，將夏季結束訂在10月31日，同時也在這天慶祝新年。塞爾特人認為太陽神讓他們穀物豐收，才足以應付即將到來的冬天，為表達對太陽神的敬意，同時也因夏季結束的夜晚是惡靈力量最強大的時候，因此塞爾特族的牧師、祭司也會主持祭典，安撫掌管死亡的神靈。因為傳說中，每年到了這一天，所有時空的法則都會失效，使得陰陽兩界合而為一，因此，這是遊魂出沒尋找替死鬼的唯一機會。

在這新舊年交接時刻，也就是10月31日晚上，看不見的靈魂會在陽世中穿梭，要找替身獲得重生；因此活著的人為了躲避靈魂的搜索，就在這天晚上把家裡的爐火滅了，營造出一個寒冷陰森的環境，並且打扮成鬼怪的模樣，口中發出可怕的聲音，在村莊各地熱熱鬧鬧的遊行，企圖嚇走那些孤魂野鬼，好讓鬼魂分不清誰是活人，因而不能找人當替身，只要過了這個晚上，第二天就是諸聖日（All Saints Day），一切都回復平靜了。

萬聖節的裝飾多以橘色和黑色為主，這兩個顏色也是傳統的萬聖節裝飾代表顏色。黑色的代表像是黑貓、蜘蛛和巫婆，橘色的代表就是南瓜燈（Jack O'Lantern）了，常見的萬聖節象徵，還有各式面目猙獰的鬼怪和骷髏等等。

至於南瓜燈（Jack O'Lantern）的由來也是從愛爾蘭開始。傳說愛爾蘭有個男子是個酒鬼，有一天Jack邀請惡魔喝酒，因為喝完沒錢付帳，他就說服惡魔變六便士來付酒錢，可是Jack並沒有拿它來付帳，反而用銀紙把惡魔鎮住，讓惡魔出不來。後來惡魔答應Jack一整年都不嚇他，才被放出來。到了第二年的萬聖節，惡魔又出現了，它再次答應不會騷擾Jack一年，可是一年還沒過完，Jack就去世了。死後，天堂不收他，因為他非常吝嗇；地獄也不留他，因為他戲弄惡魔。Jack的遊魂無處可去，只好飄蕩著，黑夜裡，Jack手提塞進火炭的大頭菜照亮路面，四處遊蕩。後來愛爾蘭人就用馬鈴薯或是大頭菜做成燈籠，玩著「Trick or Treat」的遊戲。這風俗在1840年代隨著新移民來到美洲大陸，他們發現比大頭菜更好的材料，那就是南瓜Pumpkin；因此現在所看到的傑克燈通通變成南瓜燈了！

這回我在達拉斯看到此地人過Halloween，家家庭院草坪大門口處處都有過節裝置，大大小小各色南瓜最普遍，色澤鮮豔、造型可愛又多變化，最討我歡心。至於那骷顱頭、人形骨骸、巫婆、稻草人、蜘蛛、蝙蝠、黑貓、大小鬼等，都還可接受；唯獨那一座座墓碑就擺自家門口，看來頗不習慣，只是老外不忌諱，過節嘛，「普渡」一下，「RIP」rest in peace，願鬼魂們皆「安息」也好。還有些人家，那院子枝芽、圍籬、牆垣掛滿蜘蛛網，白色絲線糾結纏繞，想營造荒涼鬼屋的氣氛，但在大白天的燦燦陽光下，也不怎麼搭調。唉，畢竟這古老的習俗流傳至今，Halloween的節日氣氛已經是歡樂同慶多於陰森恐懼了啊。

我自以為，中外皆然的，世上生者亡者共處，期待「人鬼同安」，人們要安頓亡魂、讓亡者安息、同時也是一種自我心靈的療癒與安慰，所以每年有這麼一天，大家就同來追念亡者、慰祭亡魂。我們的「中元普渡」是以祭品、以搶孤、以水燈來慶讚中元、請眾孤魂野鬼「好兄弟們」尚饗一番；洋人則藉著「Halloween」，用南瓜燈、蝙蝠、黑貓、巫婆、蜘蛛與骷髏骨骸，和鬼魂們玩「Trick or Treat」。我喜歡Halloween這樣一年一度的陰陽「同樂會」！

4-3 感恩節話感恩

這回到達拉斯來陪產、給大寶女兒坐月子、帶娃兒，滯美長達三、四個月，徹底融入大寶在此的生活圈、接觸部分在美奮鬥落戶的台灣家庭，我跟著大家夥兒交誼互動聚餐、一起過了Halloween與Thanksgiving，看到他們努力「謀生存」與「過生活」的那股勁兒，真被這些年輕人的認真、勤奮、善良與誠樸感動啊！這才是真正台灣精神的體現，大寶很幸運能在番邦異地有這些鄉親好友照顧，實在感恩啊。

上回開玩笑在「非思不可」上說：出國把祖宗弄丟了。「語言」和「飲食」是「祖宗文化」的兩大表徵，出國久了，自然洋化，很容易就把祖宗弄丟了，正應了客家俗諺所叮嚀的「寧賣祖宗田，莫忘祖宗言」。可是大寶這群「台灣媽媽團」好友都是全職媽媽，自己在家帶小孩，各家孩子從幼稚園到中學生，都可以「全中文」應答流利，一屋子鄉音繚繞，「祖宗言」沒忘！連感恩節聚餐桌上擺的菜色也全是「台式料理」，而非烤火雞，「祖宗飯」也還在，可真不簡單！他們的出洋奮鬥史，也和這滿桌感恩節大餐一樣不簡單，令我佩服不已。

最會做菜的LA家（男主人L女主人A），A特製的應景南瓜包令人驚艷又讚嘆，滷肉、芋泥的內餡花費四小時，道地的台灣口味讓人垂涎，別具巧思用地瓜做成的外皮，與南瓜唯妙唯肖，又花費四小時蒸煮，真是好厲害，好感動。LA來美十多年，L學的是工程，在德州念書、就業、成家、落地生根成了德州人；A學的也是工程，來美和L結婚就當家庭主婦，A生孩子時，L要出差，就先煮一鍋麻油雞給她自己微波坐月子，兩人在美自立更生，白手起家，奮鬥至今，現在他們有孩子、有房子、有車子，還養了條狗，L自己修繕浴室、地板，A愛做甜點、變化菜色，假期全家出遊、暑假返台探親，日子過得溫馨又甜蜜。

最資優的HW家（H男W女）是標準的精英組合，分別從建中、北一女到台大，兩人在社團結識後畢業攜手赴美，H拿了密西根名校學位進TI（德州儀器）拿高薪，W學的是日文，來美念了MBA，現在W的日文拿來看日劇，MBA用來網路購物找deal、辦卡換飛機里程，如今他們在德州安家落戶，擁有一雙兒女、兩幢房子、兩部車子，生活安定又充實。HW誠懇又樸實，十分熱情又和善，九月邀請大家前去家庭聚會，W做的蚵仔麵線、烤咖哩雞腿，已經讓人瞠目結舌直流口水了，這回感恩節W更端出頂級叫好又叫座的台式「鹽酥雞」和「燒仙草」搭配花生、豆沙、堅果，還有胡椒蝦冬粉、鮮蔬沙拉、磨菇濃湯，濃郁的台灣家鄉味兒，加上中西合璧、營養均衡、色香味俱全，真可媲美五星級飯店了。大家在HW家的感恩節的聚會分享是吃飽喝足，又聊得開心，只能說「既醉以酒，既飽以德」，好感恩啊。

最有緣的SC家，C是大寶的小學同學，20多年不見，從「非思不可」網路連絡上，又在達拉斯相逢，他鄉遇故知，果真一樂也。感恩節大餐C帶來刀削木須炒麵和水果拼盤，健康、美味媲美餐館，因為C也是能幹的專職媽媽，一把罩啊。S學的是食品化學，與C在田納西留學相識，S拿了PhD到芝加哥工作、結婚，後來轉職此間大食品廠，SC於是成了德州人，他們也同樣胼手胝足、奮鬥有成，現在有房、有車、有孩子，一雙可愛的兒女拉小提琴、學溜冰、學繪畫、學舞蹈，SC忙著陪孩子成長、學習與渡假，享受甜蜜的負荷，S自己整修房子之餘，還正準備買第二幢房子投資哩。大寶結婚後，去年從愛荷華搬來達拉斯，經由C的牽線，結識此地「台灣媽媽團」，大寶受到大家照顧很多，不僅送來娃兒衣服、玩具、育兒寶典，還傳授疑難雜症經驗，真是點滴在心，無以為報啊。

相對於LA、HW、SC等小夫妻同心、其利斷金，在美奮鬥多年，「American dream」得以實現，卓然有成的，當然也有人還在力爭上游、甚至浮浮沉沉、「沒沒泅」（閩南語，載浮載沉。）的，諸如畢業後謀職不順待業多時者有之、工作多年仍無身分（拿工作簽證六年屆滿、沒有綠卡居留權、就得回國）者有之、結婚後兩人時有齟齬而分道揚鑣者有之、生養小孩卻無力照顧只好送回國者有之……，真令人不勝唏噓啊。

當年清教徒為追求宗教自由搭乘五月花號來到美洲新大陸，開創新天地，因酷寒傷亡，幸遇印地安人幫忙才得以生存與種植，為此邀請印地安朋友來同慶豐收並致謝，我們才有了感恩節。現在年輕人出國留學、成家立業、移民生根，原本就不容易。我看到這些年輕世代的「六年級生」10多年來努力完成「American dream」，他們離鄉背井在異國忍受孤寂，認真追求學業與事業，與世界競逐、拚搏謀生存，終於掙得立足之地，得以安身立命、還養兒育女、說著中文、吃著台灣菜，沒忘記祖宗八代！我是打心底敬佩他們、心疼他們的，他們這一路走來可是萬分艱辛，在家靠父母、出外靠朋友，有緣在達拉斯相濡以沫，彼此相提攜，大家都平安喜樂、朝著人生目標一步一步前進，真是滿懷感恩！感謝HW的盛情與安排，讓我們有機會也來個感恩節會餐，說一聲：有你們真好，謝謝你們啊。

4-4 非思不可的網路經驗

人是群居的動物，需要隸屬於特有團體、需要有人際聯繫、需要有交流關懷、無法離群索居；但人有時候也想要自由、獨處、清靜、沉思、不受他人干擾與束縛牽絆；在這矛盾需求之下，科技始終源自人性，「網路世界」正好滿足了人們既有人際連結卻無羈絆，一竿子「宅男腐女」拜網路之賜，彈指間，五湖四海、寰瀛九州任我行，交友聊天閱讀分享購物搜尋遊戲，天寬地闊悠遊自在，「既有歸屬感、又有隱私權」，真是好不樂活！

這些年，老太太我也跟上時代玩起「部落格」blog與臉書face book「非思不可」，還玩出興致與不少趣味呢。我喜歡這「部落格」與「非思不可」譯名，令人興起部落歸屬感，和想念的思緒飛揚之快，真妙。

暑期之末來美陪女兒生寶寶迄今已近兩月，鎮日關在達拉斯城郊一隅「坐月子」，照料產婦與娃兒，忙得悠悠晃晃，足不出戶，也不看電視與報紙，幾乎「不知有漢、遑論魏晉」不知今夕何夕矣。偶而得閒，藉著網路和外界保持一線聯繫，與台北Face Time或Skype視訊聯絡一下，再上網瀏覽瀏覽網路新聞，順便看看電子信箱有無新電郵，以免真要「與世隔絕」了。網路，讓我與千里之外的親友們不致失聯斷訊。

日前我正巧悶著、閒著、在網上逛著，於是就在「非思不可」facebook上貼了張圖，一片綠意盎然的樹林，一行行森森大樹挺立，綠色大道蜿蜒開展，我有感而發寫了：「生命是路，朋友是樹，人生只有一條路，一條路上多棵樹，幸福時候別迷路，休息時候澆澆樹。中秋剛過，德州秋意濃，想念遠方的親友，就來網路上澆澆樹，道聲平安吧。」結果我的網路忘年小友CL（黃媽媽的媳婦兒）立即按了讚、還留言說：「王阿姨的路上綠蔭如織，生意盎然，因您勤種樹，也勤澆樹。」讓老太太我看了好感動，喔，謝謝啦，「足感心」哪。

「非思不可」face book這網路社群，現在幾乎身邊沒人不玩，大家都有個「非思不可」帳號，而且連結的「朋友」三五百算是少的，多的是成千上萬，在網路世界可交遊滿天下呢。上網玩「非思不可」其實真的好嗎？虛擬世界陷阱多，時下許多年輕人網路成癮，成天掛網上，徹夜不眠，為人父母的除了擔憂孩子涉世未深、誤入歧途、上當受害之外，也憂心孩子不眠不休耽溺網上，恐「爆肝」傷身體啊。至於退休的王小真優游網路虛擬世界，自知節制，似乎還不錯，純粹個人聯誼與分享，無涉公共議題評論與政治，也無糾葛紛爭或困擾，就只是個網路溝通平台罷了；不像政壇有人上網高調自爆師生熱戀進行中，把紙糊的內閣戳得坑坑疤疤、長官也滿臉豆花，只好迅即辭官下台，因「非思不可」而肇禍，真悲慘。

我玩facebook已經好多年了，2008年自己上網開「非思不可」帳號，初初開張、沒有朋友，發出邀請，想找大寶和小皮女兒當我的朋友，大寶基於同情老母，隔天就同意做我的朋友了，小皮卻不肯回應、還奚落我：「等你先找到你兩個同年齡的朋友或同學再說！」偏偏當時與我年紀相當的大學同學、同事鮮少上網玩部落格或facebook，只有較年輕的親戚、學生可以聯繫，所以我的facebook朋友開始只有大寶一個，小皮是隔了七天才肯當老媽朋友的。到現在我的網路朋友已經有400多人，老中青都有，我把它分為：在台家人、南洋家人、娘家親戚、金門親戚、師大同學、戲曲學院師友、三重師友、軍人之友、台北友人、網路之友等「關係類別」，每天大家在網上「千里如毫釐，時空無阻隔」，互通聲氣、彼此問訊、傳遞關懷，聯繫便捷「快狠準」，又免郵費、電話費，真經濟又實惠。很高興的是，連在雅加達的婆婆也都上face book看家人最新動態，還掌握時間點（抓住Timing），與公公一起打國際電話垂詢叮嚀回應呢。

網路世界無遠弗屆，果真迅捷又便利，我們不該自絕於這一便捷的科技溝通管道。在2008玩「非思不可」之前，我已經編寫部落格兩年了。2006年從學校退休時，我先在官方的《You Show》網站上開了個人部落格《王小真的天空》，因王小真忝為教育百人團當選人，總統府與教育部那兩年曾轟轟烈烈辦選拔與推廣「深耕台灣」系列活動，無奈當年阿扁涉案、無暇理會百人團「深耕台灣」事，竟連頒獎典禮都「無消無息」沒結果了！（第一屆66位當選人，2005年春末在總統府前頒獎，第二屆原訂2006年夏初頒獎，後來延夏末、延秋季、延到無疾而終。）那時候我還認真的經營《You Show》網站的部落格，後來到2007年官方網站狀況連連，莫名其妙的當機、斷訊、停擺，最後連網站負責人、教育百人團聯繫單位都銷聲匿跡失聯了！我一氣之下先把部落格搬家到Microsoft網站，然後2008年初又遷到痞客幫至今。由此可知，「靠山山倒，靠人人跑，靠自己最好！」凡事還是自立自強、自求多福，才能自得其樂，尤其是撰寫部落格、玩「非思不可」，終究是為個人興趣分享與聯繫情誼，自己玩自己的，何必受制於人，惹閒氣呢。

個人部落格是個人持續性的日記或評論的公開分享。我想撰寫部落格不只是一個溝通的方法，它也成為一種個人生活反映或藝術創作，部落格就是個人的媒體平台。在編寫部落格時，可以紀錄個人生活點滴、傳達個人思想、抒發個人情緒，也可以分享創作、交流知識與技術，還可以認識同好、結交朋友。藉著部落格的抒發與分享，創作者可以獲得共鳴，與閱聽者在網路上溝通，進而擴大參與和影響，這就達到個人媒體的功能了。（王小真不才，不是網路熱門作者，但部落格有篇小文還曾被《親子天下》雜誌選為「嚴選好文作者」哩。）

老人家玩玩網路，減少失智機率，是值得讚許的；但網路畢竟還是人為的虛擬世界，終究要回到現實環境中，兼顧人際真實與倫理、甚至安全，我就幾度被孩子「教導」，在網路上別這麼做、別那麼做，少惹禍。那天深夜，我興沖沖的剪裁照片、上傳「非思不可」，替WZ昭告「好事近了」，要大家來按讚、灑小花慶賀，結果台北的皮女兒與小多立刻按了大拇指回應，我身旁的大寶一看，要我馬上撤掉！因為：WZ為人多低調啊，網站上一張照片也沒、連大頭照都只貼個小動物、不肯露臉的人，你這麼做太張揚、太多事、太不尊重人了啦！好吧，我從善如流，當事人還沒見到，就當作沒發生過吧。還有，網路訊息流通迅速、隱密性極低，千萬不要在網路上提及重要的個人隱私與公務事項，那是極危險的事兒。例如金錢帳戶、個人資料、公務與私事，可以用電郵或私人訊息傳送，就不必公開在動態訊息上公告周知了。（這回挨罵的不是我，我是路人甲，旁觀者陪著聽訓。哈。）

看滿街盡是「低頭族」，時時在上網，很難想像，今天如果沒有網路了，生活將會黑暗若何？網際網路的發展，不僅改變與重塑了現代人的思維，同時也創造了更符合人性需求的生活模式。我相信每一件事情的到來，都不會是偶然，大可輕鬆以對；每一件事情的發生，都是最好的安排，大可平心以對。相信別人都是在成就我們，自然會對每個人心存感恩——工作用心點，下班輕鬆點，做人簡單點，朋友多一點，吃得好一點，睡得香一點，多愛自己點，每天多笑點。還有沒事兒上網「非思不可」看一點，「部落格」寫一點，人生樂趣自然多一點。

輯五

TV嬤華府行

從德州到維吉尼亞，TV阿嬤就此誕生。
小姊姊有顆玻璃心，阿嬤要如何撫慰？
愛照相的阿嬤如何留住生命印記？

5-1 TV嬤識途老馬迎小馬

今秋2014這趟華府行預計停留四個月有餘，準備迎接小馬兒V寶寶誕生，雖說是識途老馬早有兩年前T寶寶的經驗在先，但畢竟歲月不饒人，即將花甲的TV嬤（Texas baby & Virginia baby的阿嬤）還是花了一週調整時差、適應環境，比起兩年前的活力無限、完全零時差，可真是差多、遜多了啊。

台北東京航程僅三小時十分鐘，我在飛機上看了場電影，「北京愛情故事」，又與鄰座加拿大籍年輕男孩聊聊天，時間很快過去。午後在東京機場轉機華府，和同行候機的三兩個老美閒聊之餘，一個人遊逛文化體驗，打發近三小時的等待時間，想著稍後長達十二小時半多的漫長航程，可得好好休息；不意後座一位台籍胖男鼾聲無敵，他從東京睡到華府，一路好眠，讓四周旅客數十人個個輾轉反側，無一成眠。我是帶著耳機硬撐著、接連看了妮可基嫚的「Grace of Monaco摩納哥王妃」與羅賓威廉斯的「Mrs Doubtfire窈窕奶爸」，來抵抗震耳鼾聲魔音穿腦的。下機時，黑大姊空嬤就不客氣的告訴胖男：「你一路在飛機上睡得很熟，大家卻都睡不著，但這可不是在你家呀。」讓這大叔啞口無言，一旁的眾人也只好眼皮沈重無奈以對。

就因為長途飛行未曾補眠，時差猶存，9/15週一傍晚飛抵華府，正常作息，翌日開始週二、週四、週五都在家帶T寶，白天近午就已哈欠連連，跟著娃兒午睡，黃昏還想再睡，半夜卻又起來兩三趟，瞪著眼睛等天亮。直到週末過後，總算回復正常，六點晨起，活動如常，操持家務之餘，上午出門健行走路，傍晚帶孫遊逛散步。看來號稱「金頂兔」的阿嬤，這一趟可真被「年歲」與「鼾聲」打敗了。

八個半月不見，將滿二歲的T寶寶長大不少。她語言表達良好，單字、詞彙、短句、長句，組合應用、模仿自創都行，中英文都會說，發展不錯。阿嬤來了，多個玩伴，她跟著我運動，肢體靈活，動作到位，翻滾跑跳自如，屋裡滿場飛，阿公認為這絕非黃家基因，因為一點也不像她娘當年，跳舞有如作機械操啊。尤其T寶是在愛的環境中成長，只有鼓勵、零體罰，每天只見她開心的數數兒、排積木、扮家家、畫畫兒、唱歌跳舞、看書聽故事，忙活得很，還得意的自己拍掌叫好「Good Job, Baby!」還有，她那天真爛漫的笑臉，見人總先微微笑，再忙不迭的叫「阿嬤A-ma A-ma」連聲如歌唱，很迷人，連遠隔太平洋的「阿公A-gon」一顆心都被她收買了。

這一趟阿嬤來美，主要任務是迎接十月初即將誕生的V寶寶，雖說已非首次，但阿嬤仍謹慎戒備，不敢懈怠呢。2012年9月T寶在德州出生，阿嬤8月從台北帶來全套的嬰兒衣物用品，坐月子調理組合，和林林總總的食材乾貨，又在達拉斯當地採購米酒水與生鮮食材。這一趟一回兩回熟，一切比照辦理，阿嬤行李箱照樣塞得滿滿，除了母嬰用品與食品之外，還多了T寶的禮物。阿嬤想想T寶寶似懂非懂、半大不小仍需照顧，大寶媽咪挺個便便大腹，天天開車進進出出，又是上班教課、又是產檢待產、又是理家育兒，像個陀螺轉不停，多麼需要個幫手啊。所以這回任務艱鉅，母嬰照護之外，還有個T寶寶，於是阿嬤預想著挑戰，列著清單，駝著一大一小行李箱，揹著自己的簡單用品，就想儘快飛來幫忙。現在時差調整好了，「金頂兔」阿嬤充電完成，可以備戰囉。

小馬兒V寶寶是次女，阿嬤也是次女，阿嬤相信次女都是傑出秀異、超優的。當然第一個寶寶、老大必然倍受寵愛，次女似乎就少了先天優勢。但是，我記得我小時候八九歲就能幫忙挑水、掃院子，還會幫忙貼春聯、寫紅包題詞，常愛跟前跟後，我的祖父就曾感慨的說：「這查某囝仔要若是查甫的，不知有多好。」其實，一代一代愛的傳承，哪有男女之分？從阿公阿嬤，爸爸媽媽，到兄弟手足，姊妹情深，這都是老天所賜的最佳禮物，我們大家用愛照顧T寶，然後大家也用愛來迎接V寶寶，等著一二週之內，小馬兒就來報到囉。

5-2 小V寶開天窗亮相

小馬兒V寶寶預計十月初誕生，一般胎兒30週胎位就會轉正，但是V寶寶縱然產期將屆，卻仍在大寶媽咪肚裡穩坐不移，9月5日35週產檢，還是頭上腳下的breech position，Dr.Wolf就鄭重告知大寶媽咪，胎位不正，3週後可能要準備C-section。聆聽這消息，直教大人們著急不已，娃兒你快轉快運動，剖腹產手術可是萬不得已才採行的出生方式啊。

九月中旬阿嬤來了，隔兩天9月17日37週產檢，娃兒竟神奇的頭轉朝下了，讓大家詫異又高興不已，V寶是聽到阿嬤的呼喚了嗎？可歡喜沒幾天，9月24日38週產檢，她卻又轉回原本坐姿了！這會兒連Dr.Wolf也不得不趕緊預作迎接V寶寶的手術安排，這是V寶寶生命裡的第一個抉擇，就是要來個不一樣的出場！

為迎接新生命的誕生，阿嬤和大寶媽咪把紗布衣、包巾、尿片、小衣服、手套、襪套、床鋪、床單被子、奶瓶、打奶器、澡盆、汽車安全座椅……小人兒衣服全都清洗一趟、分類摺放，用品消毒晾曬、一一備妥，準備迎接V寶來報到。因為小衣櫃和T寶共用，儲放空間不足，用紙箱或塑膠籃太簡陋，任意堆疊在櫃子上又顯雜亂，阿嬤和大寶媽咪當機立斷，立馬到Target去買了開架式小櫃子，回家自己組裝，半天就變出一個可滿足儲放娃兒衣物需求的空間了。

醫師安排剖腹產手術在10月2日週四滿39週時，大寶媽咪上班到9月29日週一。阿嬤看體重增加將近40磅的大寶媽咪，每天挺個超大肚子進進出出，大腹便便的要上課教學、要備課工作、要進修考試、要接送T寶、要料理家務、還要採買家用與待產需用……等等，像個陀螺轉不停，真是辛苦！心疼大寶媽咪之餘，阿嬤就幫著分擔家事、帶T寶寶，從阿嬤抵美當晚開始，T寶就歸阿嬤管轄，從吃飯、洗澡、陪玩、陪睡到散步、講故事，一概全包了；廚房的事，三餐料理也歸阿嬤負責；倒是衣服有洗衣機、烘衣機幫忙，忙裡偷閒，利用空檔大寶媽咪還帶阿嬤去品嚐不少美食，犒賞自己，慰勞辛勞呢。

轉眼間，就到了C-section預定日，太平洋兩岸、從美東到台北高雄，Face Time 視訊、Messenger短信、Line連線，台美同步實況轉播中，好多人關注著V寶的誕生。為了安全，胎位不正，剖腹勢在必行；醫師說只有在A.胎兒過大，有難產的風險。B.母親骨盆腔太小，孩子可能生不下來。C.母親產道感染，胎兒不宜經產道出生。D.已知胎兒有先天異常，如脊膨出、腹壁裂、神經肌肉疾病等。E.多胞胎。F.胎位不正的狀況下，醫師才會安排手術，而且要在滿39週胎兒夠成熟了，才能剖腹取出娃兒。

阿嬤我10月1日就陪著、看著大寶張羅、收拾、漱洗做到院前準備，醫囑要空腹八小時以上，術前2小時到院check in；雖說一切都已安排停妥，現代科技發達醫學進步，手術安全性極高，大家心情都很平靜篤定，但阿嬤心中難免牽掛，不時默禱求神的保守。2日凌晨阿嬤我輾轉反側12:30起來，2:20起來，3:20又起來，生恐睡過頭，誤了事，4:20再起來，乾脆不睡了，5:15外頭還是漆黑一片，港元便開車載大寶出發上醫院了，我留在家裡照顧T寶，等候通知再到醫院去看大寶與V寶。

阿嬤忐忑的心似懸在空中，手機開著，等港元傳信息、報進度，「丁咚、丁咚」，大寶報到填完資料了，大寶更衣進準備室了，大寶進手術室了，大寶打麻醉劑了，終於8:00傳來港元著手術服進手術房的照片，然後8:10小V寶被Dr.Wolf抱出來了！生了，生了，一個健康漂亮又可愛的小生命誕生了，V寶中文名叫維恩，洋名Evelyn就是生命life的意思，感謝神賜給我們這神奇的新生命，歡迎Evelyn小寶貝！看到從醫院傳來的信息與照片，我立即張貼與家人分享，大寶與V寶都平安，真好。感謝主！

近午待大寶從恢復室出來回房休息後，我們才過去醫院看望小V寶。醫師說，原來大寶子宮內有顆拳頭大的肌瘤，擋住了產道，V寶寶很努力把頭轉下來，無奈出口受阻，只好又轉回去，所以胎位很高，Dr.Wolf伸手到很上方才找到小V寶，看大寶肚皮上一條長長的拉鍊，還失血頗多，慶幸大寶安好、娃兒也健康，這枱C-section算是有驚無險，真要感謝神啊。大寶的肌瘤產後會縮小，要再觀察追蹤是否需要處置，而令人不由得對生命的奧妙敬服的是，小V寶對生命的努力，37週仍鍥而不捨持續奮鬥尋出路，38週又轉回高處避難，電影侏羅紀公園裡的恐龍不是告訴大家「生命都會自己尋找出口的」嗎？的確，選擇C-section剖腹出生的抉擇是明智的！V寶寶開天窗來亮相，了不起！

5-3 小姊姊T寶的玻璃心

T寶寶升格當姊姊了！年中自從大寶媽咪肚子逐漸隆起，T寶就不斷被告知並教導如何對待妹妹，愛護小V寶；她看著繪本說故事、幫忙摺小衣服、跟著媽咪去產檢、還學醫生給玩偶聽診……，似乎都懂得，也可以做個稱職的小姊姊了。但畢竟剛滿二歲的娃兒，依然懵懵懂懂，雖聽得懂、說得來，可仍舊似懂非懂，滿懷情緒糾結，小姊姊一顆玻璃心，一天就碎了好幾回！

想想小V寶妹妹出生前，T寶是唯我獨尊，備受寵愛，爹爹媽咪與她三口組如強力膠緊緊相黏，可是才歡樂的唱完二歲生日快樂歌，突然「變天」了，世界在一夕之間改變！

T寶起初以為，多了個妹妹是很新奇有趣的事兒。當媽咪住院生產那幾天（週四五六日），T寶和阿嬤在家吃喝睡覺玩耍作息如常，去到醫院見到新生兒V寶妹妹，滿臉興奮，好奇新鮮，看看摸摸，只不過透明的嬰兒床裡多個小人兒罷了，到醫院吃喝玩樂後，晚上回家照樣和阿嬤洗澡「魯啦啦」，唱著「大象鼻子長」與「媽媽的眼睛」睡著，日子一樣沒差啦。

可自週日下午媽咪與V寶妹妹回家的那一刻開始，天地全然變了色！阿嬤要給媽咪坐月子，忙著熬湯燉藥煮飯燒菜，又要分神幫著照料V寶，不再全時陪著T寶看書唱跳運動玩耍；媽咪產婦則要多休息多臥床，也要起來擠奶哺乳照顧小V寶寶，自然無法也不能夠再上上下下抱著T寶了。媽咪坐月子爹爹負責跑腿，進進出出忙外務，也是無法一如從前，關注T寶，分秒不離了。所以，當大家都在家坐月子時，T寶就成了唯一必須出門，被送到保姆家上班的人，好心酸！

那個週一早上，吃過早飯，爹爹與阿嬤先送T寶到保姆Donna家，然後去採辦貨品，T寶就感覺「情況不大對勁」，開始上演小劇場了。每日出門前，先採拖延戰術：一會兒要和妹妹一樣喝一罐「奶奶」，一會兒要Pee Pee上廁所，又要上樓去看妹妹換布布，堅持換雙襪子配涼鞋，要找粉紅海豚外套穿，要這要那，就是拖著賴著不出家門。等到上了車，一下要爹爹、一下換阿嬤幫忙扣上安全帶，路上阿嬤陪著唱歌打鼓，還要幫忙用手遮陽光，或戴上媽咪的太陽眼鏡，小人兒就是想盡法子撒嬌黏人。下車進保姆家，則滿懷心事，從表情凝重、不說話，裹足不前、甩開爹爹的手，到癟嘴、飲泣、放聲大哭，就是不想「離家出來上班」。T寶在抗拒無效之下，週四還誇張到嫌陽光刺眼，阿嬤手擋不了太陽，硬要爹爹半路停車，找出遮陽板應急，到了Donna家門口聲嘶力竭哭著要往回走！這一天T寶在保姆家足足哭了十來分鐘，傷心啊，唯一被丟去上班的小人兒。

為此，週五開始，我們就為她合演一齣「出門秀」：當T寶準備起床，阿嬤與媽咪就帶著V寶撤退到地下室，家裡淨空，讓爹爹帶著T寶一如往昔用餐、著裝、出門，爹爹還要像上班一樣帶背包，果真幾天試驗下來，T寶上下班又恢復正常，出門進門都開心有笑容啦。我猜小人兒或許是一覺醒來，神智還沒完全清醒就如常上班去，較易混淆吧，又或許是快樂的事兒太多，容易滿足，一下班回家見到媽咪妹妹阿嬤一開心就忘了細思究竟。哈哈。

出門到保姆家上班好辦，可是回家後千回百折的情緒糾結，可就難辦了。家裡多了個妹妹，敏感的T寶察覺情況有變，為了保有更大關注，不僅說不得、吼不得，小小人兒的纖細情愫與強大自尊還碰觸不得呢！吃起司，她撕小塊放口裡，掉一片到地上，爹爹說髒了別撿，她大哭。（是為捨不得起司哭，更為被no no制止，有損顏面而哭。）看牙醫，拿了支亮紫色的星星仙女棒回來，爹爹說小心拿好，借看一下，走路小心、別跑步跌倒，她也大哭。（沒來由的哭，就是想哭就哭。也或許是自以為被提醒，有失面子吧。）吃飽中飯玩過也睏了，該睡午覺，她上下樓折騰了好幾趟，就是不肯上床，爹爹拉高音調問到底睡不睡，她大哭，而且一哭哭了足足19分鐘才停歇。（沒來由的，就是被大聲對待，傷心，想哭就哭。）結果睡醒還有冰淇淋吃，小小安撫慰藉。諸如此類的戲碼，自尊心強、淚腺又發達，敏感易哭，哭聲又響亮，哭泣、安撫、說理、慰藉，大人們都配合著T寶演出，雖耐著性子疲於奔命，還是屢試不爽。直到妹妹回家滿三天，大家一起吃晚飯時，終於翻盤，爆發啦！

晚餐桌上，T寶用湯匙自己吃著飯，突然要求要看「巧虎」，爹爹媽咪說巧虎也在吃飯、吃飽飯再看巧虎，好話說盡，T寶依然不領情，就是堅持要邊吃飯邊看巧虎，結果就被「Time Out」、罰面壁啦。後來自己哭夠了，阿嬤問要不要吃飯，她用哭腔答「好」，座位轉回快速吃完晚飯。小人兒最可取的一點是，不記仇：阿嬤看她哭得一頭一臉汗漬淚痕交錯，吃完飯立即帶她洗頭洗澡去，她馬上笑得燦爛，在浴室裡有說有笑滿心歡喜，洗過澡還學她媽咪，打奶給妹妹喝，又幫媽咪給妹妹拍嗝，情緒轉換迅速，天真又可愛，實在讓人疼入心啊。

不過備受寵愛的T寶小人兒雖然才滿二歲，還是要學習成長，阿嬤看她立刻要學習的就有「脫掉尿布」的訓練與「睡眠習慣」的養成，這也是阿嬤此行來美，給大寶媽咪坐月子、迎接V寶寶誕生之外的另一重要任務。目前T寶會通報要pee要poop，但Timing抓不準，常是尿布濕了髒了才說，還有待改進，只是已經一次比一次更接近「臨界點」了，T寶再加油吧。至於往昔每晚非得爹爹媽咪陪著，總要玩耍翻滾累到癱，十一二點才入睡，實在折騰人。近來正練習睡前儀式養成中：每天就寢時間固定、一上床就不能任意離開、睡覺前一連串的固定活動：刷牙→尿尿→講故事→睡前禱告→kiss goodnight→關燈。每天千篇一律的睡眠儀式，讓T寶對上床睡覺這件事情逐漸被制約，試驗一星期來成效斐然，儀式結束時，即使還是醒著，只是愛睏而已，T寶也總在不久之後酣然入睡，時間點就落在九點半十點之譜。值得歡呼，試驗成功，YA！

TV嬤來美出任務，T寶添了妹妹，小姊姊想爭寵，短暫出現退化行為，一顆玻璃心經常碎滿地，易哭泣、愛找碴、哭完尿褲子、要人抱、要人陪，讓人傷腦筋。很高興的是，現在大寶媽咪還在月子中，T寶就已經「出月」，雨過天青了，情緒穩定、笑口常開、生活習慣改善，又貼心懂得與人分享，還會當媽咪與阿嬤的好幫手，這麼快，玻璃心變水晶囉！真是Good job，baby！

5-4 定格檢視生命的軌跡

TV嬤愛拍照，時時拿著雖非最時髦先進卻十分便利的iPhone 5，對著人事物紀錄著日常點滴，自得其樂咀嚼著生活況味；今兒個小V寶寶滿月了，豈能不拍幾張照好留存回味？她爹娘（港元與大寶）特別安排了一位攝影師朋友Rachel Cruz來家裡拍照，給TV二寶留下成長的印記，阿嬤在一旁觀看著，也搶位置側拍幾張，共同見證這美好的片刻，回頭檢視手機相簿裡儲存的一張張定格畫面，粉嫩的奶娃兒，天真爛漫的幼童、美目盼兮、巧笑倩兮，清純可愛得讓人不由得胸臆充滿對生命的禮讚、感恩與珍惜。

每個生命的誕生，都是神賜恩典，愛的奇蹟，父母的天職是呵護、扶持孩子健康快樂成長。閩南話說：手抱孩兒才知父母時。意即為人兒女的要到結婚生子之後，方能體會父母當年生、養、教育的艱辛與勞苦，懂得感恩回饋。一般為人父母者，對孩子都是傾其所有、竭盡所能、全盤無私、一生一世的付出與關愛，這是生命的繁衍、愛的傳承。我的父母、祖父母如此看待我，我也如此看待我的孩兒們與T寶V寶，這是一條生命的臍帶，代代相連、一代一代綿延不斷。

你看：我們歡喜迎接新生命誕生，我們辛苦拉拔孩子成長茁壯，我們翹首期待孩子終於卓然而立成家立業，我們忽而已白首兒女則已然是社會中流砥柱，在人生路上接棒續跑著。生命宛如跑馬燈，轉啊轉啊，人生就在這轉悠轉悠中悄然過了。

跑馬燈轉不停，人生聚散要珍惜，我很高興二度來美給大寶女兒坐月子，可以親手抱著T寶V寶，雖說把屎把尿、洗澡餵奶換尿片，忙得辛苦，卻甘之如飴，樂在心底。縱使她們乳臭未乾、渾然不覺，阿嬤可有照片為證，美好的生命記憶，享受早已存檔囉。

小V寶滿月這天，阿嬤我還「請假」出門半日，與旅美逾30載的大學同學秋月歡聚，畢業近40年的兩個老同學，離校後總共見過幾次面？三次？五次？太多的思念、太遠的分隔，一個大大的擁抱，一場欲罷不能的暢談，兩人急急叨叨敘舊、歡喜分享彼此走過的生涯路，直想填補那空白略過的過往。話題就從孩子談起：

有沒有想過，誰會陪你走過人生每一道風景、每一個關鍵時刻、留駐生命中最美麗的片刻？孩子出生、滿月、四個月、周晬，忽焉上學去、幼稚園、小學、中學、大學畢業，而今，秋月兒子拿了PhD、又轉攻讀醫學院中，女兒碩士畢業就業、正準備結婚、作個猶太家庭媳婦兒。對孩子婚姻的祝福就如同一楨平凡的照片，年輕的妻子托腮凝視丈夫，正操弄修理著家具；數十載韶光易逝，如今另一楨照片裡，妻子依然同樣托腮凝視摯愛，丈夫依舊專心低頭整治著盆栽。韶華老去，人面依舊——最美好的情愛，莫過於此，不言而喻。

秋月和我思索著：我們該提供兒女什麼樣的「儀典」，透過有意義的傳承與儀式留住美好傳統，代表滿心祝福？

婚姻是終身大事，我們笑談著新嫁娘要穿長禮服、要穿包鞋，象徵有頭有尾、會「透尾、到底」、能白首偕老；我們希望在「送訂送定」訂親婚姻才穩定的儀式裡，送給新嫁娘「頭尾」從頭到腳的衣飾、金飾等聘禮，代表一生福祿無缺；我們也想送女兒出閣時，父親為她蓋上頭紗，拜別父母前，爸媽如古人「女子之嫁也，母命之，往送之門，戒之曰：往之汝家，必敬必戒，無違夫子。」訓勉祝福女兒。

秋月還周到地早已預告洋女婿，結婚後成了一家人，過年要圍爐吃團圓飯，晚輩給長輩拜年祝福、給紅包添福壽，長輩也給晚輩紅包壓歲錢，討個吉利，這是家族年度大事。她那可愛的洋女婿，不諳中文，卻貼心的每逢年節送卡片，必上網找吉祥話照描抄錄，真孺子可教也。

我記得大寶結婚時，我們就是如此操辦的，現在每每翻閱昔日照片，真情淚水歷歷在目，彷如重現眼前，仍然會讓人砰然心動，悸動不已。現在T寶V寶的出生，不也如此嗎？阿嬤藉著送上「虎帽、虎鞋」（虎與好諧音，象徵娃兒好命、有膽識），在小衣服上用紅線繡「萬」字圖（卍，連續線條萬壽無疆），還有大家致贈的金鎖片（長命富貴，平安福氣），不也一個個都充滿了愛的祝福嗎？

一張又一張照片幫我們留住了生命裡大大小小的重要時刻，有形的物件與儀典，把無形的美好印象與祝福，「喀擦」一聲，畫面定格，剎那已化成永恆！拜科技進步之賜，iPhone隨手拍、隨拍隨傳，TV嬤愛拍照，將生命中的喜悅與感恩定格，用力抓住每一個美妙動人的時刻。

5-5 樹也有情的秋日幸福

我愛秋天，秋天最美！這趟九月來美將駐留四個多月，由夏而秋、轉眼即將入冬，這些日子裡看到華府美麗的秋天，從綠意盎然滿樹綠蔭、到葉片紛然翻黃轉紅、黃黃綠綠間雜著豔紅，深紅淺紅鮮紅暗紅，滿眼楓紅或黃葉片片，到晚秋遍地落葉，維吉尼亞的「霜葉紅於二月花」，直教人駐足不忍離去，秋景引人入勝，只有杜牧的「停車坐愛楓林晚」差可比擬啊！（停車駐足，只因愛上這楓林的傍晚。）看這一株株的大樹，競相用葉片寫著秋詩篇篇，他們是用生命在傳遞大自然的美麗訊息，草木有情、花葉有意，旁觀的人們豈能無心？

我向來愛樹，嚮往樹下的家居生活，聽風、觀雲、賞花、看樹，四季各有風情。春夏秋冬遞嬗，我特愛秋天，豐富厚實、絢麗多姿、雲天遼闊、秋高氣爽，縱然秋涼之後必然步入蕭瑟凋零，但冬去春來，仍將再發綠意、大地的生命樂章循環不息，春夏過後又有盛景，秋天仍是令人期待的季節啊。春耕、夏耘、秋收、冬藏四季，秋的豐美滿盈，也像人生歷經成長、茁壯與奮鬥、歷練後準備退休養老，雖然時已過、力漸衰，但體猶健、心知足。現在的我，花甲將至，公職已卸，孩子也大了，可以悠遊自在來美當阿嬤，不正像這秋天嗎？人生已近暮秋，應該好好珍惜，好好享受啊。

秋日的心情是雲淡風輕、氣定神閒的滿足、感恩，一派淡定。日前網友寄來一份資料「人生只有三萬天！」提醒人生說長不長，三萬天大約83年，轉眼就從指縫間流逝，我們務必珍惜當下，莫忘了留神駐足，嗅嗅花香、看看樹姿，別錯過周遭的美景，空留遺憾。回首過往，我走過許多地方，也愛上各地的花草樹木，新加坡植物園的紅柄椰與胡姬花，台中福壽山農場的二葉松與楓紅，還有華府秋季群樹的繽紛多彩。但真正在心底掛記的一棵樹，竟是瓏山林小院子裡的那棵「美人樹」！只因它是我的「家樹」啊。

能夠擁有一棵自家的樹，是很神奇美妙的感覺，我以為這就是幸福。烏克蘭人認為人生一定要完成三件事才完美：生一個女兒、蓋一間房子、種一棵大樹，這是很值得追求的人生目標，十分簡單明確的幸福定義。成家立業、生兒育女、有屋有樹，如此人生真太完美了，夫復何求？重點是這屋、這樹，是要與家人相守相聚，一同分享的！出門旅遊，風景再怡人、環境再清幽，也都比不上自家院落種一棵大樹，有家人相親，來得自在安適；人生難免有起落，不論順境逆境，有屋有樹有家人，就能泰然自得。

我想到唐朝的白居易被貶到九江，在給好朋友元微之的信裡，自述「三泰」以告慰友人。白居易雖在偏遠的九江，但能夠家人團聚，免於牽掛，體健家安；身衣口食，且免求人，生活自足；又加上廬山環境優雅，景物美好，不惟忘歸，可以終老；白居易這「三泰」不僅可解老友憂望，更是寬慰自己。我記得白居易廬山草堂前植「喬松十數株，修竹千餘竿；青蘿為牆垣，白石為橋道；流水周於舍下，飛泉落於簷間；紅榴白蓮，羅生池砌」，想像那裡喬松修竹必定可觀，悠遊其間，即使困頓，也能隨遇而安，他鄉亦故鄉了。

大寶女兒自2002年負笈來美，迄今十餘載，求學、工作、結婚、生子都在美，她從加州聖地牙哥、舊金山再到愛荷華，又從德州達拉斯遷徙華府特區，走過大半個美國，現在落腳維吉尼亞，此地或許是她安家落戶的「新故鄉」了。在這兒，工作與生活大抵安定又安全，心境也祥和安寧，加上環境清幽，綠樹處處，真是個好地方。只是，老媽我仍放不下瓏山林家裡的美人樹，不知今秋花兒開得如何？同時我也惦記著，在金門后浦頭爸比老家興建中的思源第，我們要栽種的櫻花樹、黑松與牛樟，恐怕年底新春就得移植了吧？思源第的命名源於「飲水思源不忘本」，故鄉是我們的根源，完成後將會是家人返鄉相聚的新據點，我更期待未來屋旁大樹亭亭如蓋，可在樹下納涼說故事。

有家人在，又種有大樹的就是家了。現在家族開枝散葉，台北有自己家、金門有老家、華府女兒家、南洋公婆家，到處有家，身處地球村的現代，出外拚搏闖蕩是常事，似乎處處可為家，究竟該回哪兒的家？相信心底深處人人都有一個「有家人在，又種有大樹」的家，逢年過節、午夜夢迴、退休養老、落葉歸根時，想回去的家。畢竟有棵樹才像個家，一時間，倘若羈旅在外無法回故鄉，或許就暫且在陽台、窗台養幾株盆栽或小樹，權代故鄉的「家樹」並寄鄉思吧。

5-6 手抱孫兒，想起少年時

轉眼之間來美已十週有餘，新生兒V寶寶也快兩個月大了。自從大寶產假結束回去上班後，阿嬤便成了全職baby day care，而且日托夜托，V寶寶連晚上也跟著阿嬤睡，就在把屎把尿餵奶洗澡當中，娃兒體重增加近倍了、可以睡過夜了、會對人笑了、聽音樂有反應了、洗澡會踢水玩兒了、會伊伊哦哦對話了，小寶寶的成長果真是看得出、摸得著，讓人真實感受到娃兒「一暝大一吋」，一天一天生命正在勃發茁壯，期盼V寶寶能像幼苗變大樹一樣，長得高、長得壯、長得健康、長得端正挺直又有朝氣！

阿嬤抱孫，暮老看稚嫩，人生啊人生，一日一日計看似頗漫長，但一年年飛逝而過，忽焉自己已兩鬢飛霜，花甲將至矣。來美天天在家手抱V寶，心無旁騖，也無其他煩俗事務可掛心，只單純的作阿嬤，享受寧靜無波的生活，日日夜夜看著娃兒一顰一笑，手舞足蹈，不禁回想起過往年少時的點點滴滴，也思索起生命的意義與價值。

新生命如太陽，日日昇起，天天都是美好的開始，充滿希望與祝福。基於愛與責任，我們對新生命百般呵護、褓抱提攜、血脈相連、代代相承，我們一面讚嘆生命的神奇奧妙，也一面期許新生命，未來人生平順康泰、光燦傑出，比前人更秀異，祝福娃兒長得健康，過得快樂，聰明可愛，長命富貴，一生精彩。

人為何而活？又怎麼活？才能一生精彩，不枉此生？有人為「所愛」而活（為所愛的人事物，奉獻一生），也有人為「信仰」而活（為所信仰的宗教、熱愛的工作或人生價值，貢獻一生）；其實，生命長短可用時間計算，生命的價值卻要用貢獻來衡量，誠如巴金所說的：「生命的意義在於付出，在於給予，而不在於接受，也不在於爭奪。」好似另一段老生常談的話語：「生活的目的在增進全體人類之生活、生命的意義在創造宇宙繼起之生命。」我們因著生命的奇蹟與他人的護佑，有幸人生走一遭，當人生謝幕時，又能留下什麼？好讓後來者懷念呢？或許是懷抱著感恩的心、積極進取做出點貢獻、再看待新生命的延續後繼有人吧。

回顧前塵，我感恩生命中許多貴人的提攜扶持（父母尊長、師長親友、同學同儕同事友伴），也扮演孩子們的生命貴人（照應關懷兒孫幼小、學生晚輩等等），受前人餘蔭，也造福後人，期盼能世代「忠孝傳家、耕讀為業」，清白相承，正如期盼V寶寶長大像一棵端正挺直又有朝氣的大樹一樣，正派為人，篤實、坦蕩、悠然自在，而這雍容大器的精神就一代一代傳遞綿延。

回想我年少時，印象深刻的許多畫面，都是與家人相牽繫，生命的臍帶讓我與家人緊緊相繫：

幼兒時期，媽媽揹著我去上班（做衣服），回家走在台北橋上，媽媽背上的我沿路丟擲新買的小便盆，讓媽媽一路撿拾；後來每日黃昏，我總坐在爸爸的腳踏車前座藤椅上，讓爸爸來回載著兜風，等媽媽下班帶回我愛吃的肉鬆與海苔虎皮餅乾；還有二姑姑揹著幼年的我去天台戲院看戲，我竟然到戲院給拉了屎。……這是父母親長無條件的愛。

六七歲時（民國51年），媽媽抱著弟弟（差我三歲），我拉著媽媽裙襬，走到台北橋頭去購物，正巧當天有慶祝三重改制縣轄市的熱鬧陣頭隊伍，新鮮又好奇的我，恍如出國觀光。

十歲，姊姊就讀市女中，為我買了小良友月刊，興奮得如乾渴得獲甘霖，愛不釋手，姊姊大我四歲，從小至今我凡事總愛諮詢姊姊，她一直是我人生的領路人。

十二歲考上古亭女中，第一次搭公車上學，媽媽帶我試乘轉車認路，並向車站旁玻璃行老闆借廁所，商請以後給予方便，年少時尷尬，如今倍覺窩心。

十五歲初中畢考高中時，在一女中考場，中午竟然看到爸爸為我送來剛出爐熱騰騰的青蔥麵包當午餐，事前毫不知情的我，悸動莫名。……這是家人至親竭盡所能的眷愛。

然後幾年之間二十歲、三十歲都過了，我上了大學、畢了業、教了書、結了婚、還生了孩子，天天要上課去的我，二個女兒都是媽媽幫著坐月子、幫著當保姆、爸爸幫著照顧、抱著去散步、一路帶大的。

後來我搬家內湖，三十七歲才又生了小多，還是媽媽來幫忙坐月子；翌年我痔瘡手術，當日爸爸帶了葡萄來看我，要我補補血；再後來我帶女兒出國旅遊，爸爸自個兒來到內湖幫我看家五天，他用小鍋杓自炊自食，要我放心出遊。

再後來，我又陸續遷居士林眷村、民生社區、到落腳瓏山林，爸媽姊弟家人都曾一一到訪我們各個窩兒，往來走動。等到這些年，我的孩子都長大、畢業、出國了，爸媽也早已退休養老，四處遊山玩水去，不意幾年前爸爸從大陸「昆大麗」旅遊回來，不久便猝然告別人世（2007年夏季）。前些天，偶然間看到「滇西北見聞錄」旅遊短片，我反覆看著其中壯麗山水與古城風情，想像父親最後走過的足跡，昆明大理麗江，不禁潸然淚下，家裡抽屜還有一個彝族小背袋，正是父親攜回的小紀念品，說是要給小孩兒的呢。……這是人生必然的最終結局，至親也有放手告別時。

時光流轉，歲月飛逝，神仙也攔不住；現在我的父親走了，母親年事已高，大寶女兒結婚，T寶V寶相繼誕生，世代更替，我也當上阿嬤，不免感慨人生已然來到秋日，秋收之後就將是冬藏時節了。手抱孫兒，回想少年時，靜心細思，回顧自己近一甲子的過去，古人所謂「三不朽」：立德、立功、立言，我能留下什麼？曾寫了幾本不怎麼樣的著作？教養了幾個還算成材的孩子與學生？其餘似乎提不出什麼好修養好德行可述說呢。

罷了，罷了，時不我與，阿嬤還是寄望繼起的新生命，期待小V寶寶快快長成挺拔屹立的大樹吧！屆時，V寶有個響亮名號，人們會說我是V寶的阿嬤，有功人員喔。

5-7 草莓奶與三條魚

純母奶的小V寶兩個半月，體重已13磅有餘（6公斤多，比出生時增加一倍重），抱起來沈甸甸、肉團團的，頗為結實，真是健康寶寶一個，這都要歸功於母奶供應者黃大寶，日夜供乳，勞苦功高！

每天我們都聽著屋裡「喀喀喀」規律的響著，不是「唧唧復唧唧，木蘭當戶織」，而是大寶正以手動打奶器在打奶。一早五六點上班前要先打一次奶，上班時間上下午下課空檔又各打一回奶，在家傍晚與睡前也要打奶，一日復一日，擠奶餵小兒，只因黃口無飽期，母愛真偉大啊。

兩個半月的「乳牛」生涯，未曾一日停歇或倦勤，而且至少還要持續數月，近日大寶也感覺手動速度過慢，手也痠了，這兩天週末假日改用電動打奶器試試，讓「喀喀喀」的單響變成機器的「嗯嗯嗯」

雙管齊下，似乎成效卓著，時間短奶量大，手臂也不費力。不意昨兒週一傍晚，娃兒睡著、我正做飯、大寶一旁機器「嗯嗯嗯」打著奶，忽地驚呼：「草莓奶！」「草莓奶！」

原來大寶為求省力，使用電動吸乳器太過急切，速率開到最強，可能吸力太大，導致乳頭、乳暈滲血，母乳帶血被染成了「草莓奶」。見到集乳瓶乳汁粉紅，真成了草莓奶！我趕緊要大寶罷手休息，先稍歇、檢視、塗藥，千萬要保重自己，善自珍攝，她可是V寶的乳源，責任重大啊。

第一次看到「草莓奶」，我既感動又心疼，為母則強，大寶是很堅強的，但也令我滿心不捨。她天天起早出門趕上班，要上課備課，下午下課接回T寶，TV二寶嗷嗷待哺，張羅了小孩兒，還要料理家務，恐怕三頭六臂也應付不周全，所以阿嬤留美這四個多月，能幫大寶多少，就幫多少吧。母女連心，我掛記心疼著大寶女兒，大寶也「嘔心瀝血」打出了「草莓奶」哺餵V寶女兒，這讓我想到「三條魚」的故事。

第一條是海洋深處的大馬哈魚。母馬哈魚產完卵後，就守在一邊，孵化出來的小魚還不能覓食，只能靠吃母親的肉長大。母馬哈魚忍著劇痛，任憑撕咬。小魚長大了，母魚卻只剩下一堆骸骨，無聲地詮釋著這個世界上最偉大的母愛。大馬哈魚是一條母愛之魚。

第二條是山東濟寧微山湖的烏鱧，據說此魚產子後便雙目失明，無法覓食而只能忍饑挨餓，孵化出來的千百條小魚天生靈性，不忍母親餓死，便一條一條地主動游到母魚的嘴裡供母魚充飢。母魚活過來了，子女的存活量卻不到總數的十分之一，他們大多為了母親獻出了自己年幼的生命。烏鱧是一條孝子之魚。

第三條是鮭魚。每年產卵季節，鮭魚都要千方百計地從海洋洄游到位於陸地上的出生地——那條陸地上的河流。大陸央視動物世界曾經播放過鮭魚的回家之路，極其慘烈和悲壯。回家的路上要飛躍大瀑布，瀑布旁邊還守著成群的灰熊，不能躍過大瀑布的魚多半進入了灰熊的肚中；躍過大瀑布的魚已經精疲力竭，卻還得面對數以萬計的魚雕的獵食。只有不多的幸運者才可以躲過追捕。耗盡所有的能量和儲備的脂肪後，鮭魚游回了自己的出生地，完成它們生命中最重要的事情：談戀愛，結婚產卵，最後安詳地死在自己的出生地。來年的春天，新的鮭魚破卵而出，沿河而下，開始了上一輩艱難的生命之旅。鮭魚是一條鄉戀之魚。

我常常想，在這個世上至少還有「三條魚」讓我們感動。一條是父母，給了我們生命，目送著我們走向遠方，無怨無悔地付出直到無所付出；一條是子女，從呱呱墜地的那一天就與我們結下了血脈之緣，從此無比信任相伴到老；一條是故鄉，無論飄得多高，走得多遠，終有一天我們還是要踏上這條回家的路。

是啊！我們都是一群孤獨的魚，不小心游到了這個世界上，從此被這個世界收留，今生今世也成為父母、子女和故鄉這「三條魚」最大的牽掛。三條魚，我們永遠的牽掛，而我們也是父母、孩子的三條魚之一！親子情緣是一代一代彼此牽掛的「三條魚」，我們不求孩子作烏鱧，自己也不必自比大馬哈魚，但求孩兒常懷感恩心，能知福惜福，才可創造幸福。

5-8 阿嬤的行囊，簡單的幸福

這趟來美羈留夠久，日子過得倒也簡單，就鎮日居家幫大寶女兒坐月子、帶娃兒，天天專心當阿嬤，奶瓶尿布哄娃兒，外加打理三餐，轉眼一百多天已過去，這麼長時間幾與外界隔絕，雖有網路，但少看電視、不看報紙、也少逛街，發現慾望少了，心念純了，深深感悟到幸福就是「簡單」與「自在」！所以我2015新年新希望，正是月中返台後，立即來個大清理，拋棄無用的雜物與廢物，「簡單」就好，因為「Less is more」，「東西越少，世界越大」。

正因為這一趟旅美目的單純，只專職來照顧大寶母女仨，幾乎足不出戶，窩居華府家中，所以行囊簡單，來的時候行李箱四分之三是給大寶坐月子與給娃兒的禮物，個人物品就是筆電、藥品、盥洗用具、睡衣褲和幾套換洗衣物而已。因此，每日與台北視訊時，只見我晚上是睡衣（就固定紅藍粉三套），白日是家居服（也是固定紅黃獅子與條紋三件恤衫），固定形象三日一循環，「品牌辨識度」極高，連小T寶都會猜阿嬤今天是紅獅子、還是黃獅子，台北的皮女兒也揶揄我「怎麼比印傭還印傭，還不快去多買幾件衣服換個樣兒！」其實，真的是包袱愈小，煩惱愈少，天地就愈寬大了啊。

當一個人需要的不多，想要的卻不少，就煩惱痛苦了。日前我看到《生活》月刊記者晏禮中的文章，感觸極深，十分感動。晏禮中30歲生日時在電腦上建了一個word檔，檔名《享年》，蒐集存放哪些個他喜歡的人物30歲就沒了，他想這一來自己過了那年紀，就比他們值得了。一年又一年在《享年》檔裡，他發現自己活得超過了英國詩人雪萊（30）、黃家駒（31）、李小龍（32）、亞歷山大大帝（33）、蔡鍔（34）、陳百強（35）……等等。但是，我們年年過生日，真的活超過這些大人物就值得了嗎？晏禮中在各地採訪，報導社會角落小人物的生活，經歷奇險，也看到社會底層小人物真實生活的艱辛，在淬煉中最大的感悟就是：簡單就是幸福！

晏禮中說，現在他一年四季在外面採訪，都是一個包，只有一個包，裡面擱著一台電腦，兩本書，一個洗漱包，一套換洗衣裳，還有一支錄音筆。他有時候覺得，一個包就是他的整個家，家越小，世界反而越大。我很喜歡他採訪人物結集出版的《別處生活——20幅平民肖像》，其中一個四川大涼山彝族小男孩兒的故事〈一輩子好多事情都說不清楚〉，特別扣人心弦。這採訪的故事大約是：

有一次，晏禮中聽說有一個在四川大涼山的彝族小孩，特別會唱歌，所以在一次慈善項目資助下，這個小孩就到北京參加一個夏令營。他回到小山村後，就跟村裡的小朋友說，我到過北京啦，我看過天安門啦。

可是村子裡面沒有小朋友相信，都說：哎呀，你在吹牛，你肯定沒有去過，你騙我們的。他為了證明，就從自己住的小村子走了五個小時的山路，來到縣城，找了當時帶他去參加夏令營的那個老師要了照片，回去證明自己是去過天安門的，是去過北京的。

當時晏禮中覺得這個小故事挺打動他的，就叫上攝影師，去到那個大涼山的深處，去找那個小孩，他覺得這個倔倔的小孩，挺可愛。這個小孩的家，是在大涼山深處一個叫做團結村的地方，那個地方車子不通。所以他們只能坐車到鄉政府，再從鄉政府走三小時山路到小孩的家。路上有一個鄉長陪著，因為鄉長說，他們那個村子由於交通閉塞，基本上沒有什麼人懂漢語，所以他給晏禮中他們當翻譯。

路上鄉長說這個小孩阿力日晷很聰明，他們到了阿力日晷家，發現這個小孩特別靦腆，特別害羞，問他任何問題，他都不說話，這個阿力日晷就靠在門邊站著，他們家只有一間屋子，一家四口，他爸他媽還有他妹妹，還有他們家最重要的財產：一頭豬，都住在一間屋子裡面。

當天晚上，床不夠睡。晏禮中主動要求，睡在火塘邊的地上，晚上的時候，他隱隱約約地聽見那頭豬出來了，當時他特別害怕牠過來親他，所以就把身子一轉，頭朝著牆，這樣豬就親不著他了。

結果豬沒來，跳蚤倒來了，他被跳蚤咬了整整一晚上，第二天早上起來一數，58個包，又疼又癢。鄉長說，哎呀這個沒事兒，你到了山坡上，你把自己脫光了，然後你讓太陽一曬，這跳蚤自然就跑了。於是，阿力日暑帶著他們到山坡上，脫光了在那兒日光浴，曬跳蚤，這鄉長在旁邊還笑說，這個跳蚤有福氣啊，吃點城裡人的肉，喝點兒血。

可是晏禮中笑不出來，因為這麼一個內向的小孩，一句話都不說，他該怎麼採訪呢？在這個時候，他看到阿力日暑，就在山坡上唱起歌來了。他唱歌，歌聲很優美，很嘹亮，也很傷感，晏禮中就問鄉長他唱什麼，鄉長說，他們這兒的人就是看到什麼，想到什麼，就唱什麼。晏禮中突然靈機一動，就問鄉長可不可以幫他翻譯，他問小男孩問題，他唱出來，然後鄉長再幫忙翻譯一下，怎麼樣？

鄉長答應說，哎，那試試吧。於是晏禮中就有了記者生涯中絕無僅有的一次採訪經驗。以下是採訪記錄中的兩段，很有意思。

當時記者問他，你從北京回來以後，都想了些什麼？他給晏禮中唱的是：

> 雄鷹飛得又高又遠，見識的東西比人多，不聽阿爸的話錯走十條溝，不聽阿媽的話錯翻五座山，山再高沒有人的心靈高，路再長沒有人的雙腳長。

記者又問他，阿力日暑，你現在坐在山坡上你在想什麼？他給晏禮中唱道：

> 放羊的時候，擔心草老了，羊瘦了，擔心岩邊的小羊摔倒了，用話兒哄，用枝條抽，別讓牠們跑去鄰村的山溝；天冷的時候，擔心草枯了，葉黃了，擔心家裡的羊吃不飽了，吃草的羊累，放羊的人苦，好多事一輩子也說不清楚。

是的，好多事一輩子也說不清楚。的確，在現實生活裡，作個普通人，想要很有尊嚴地活著，並不是一件容易的事。看了那些生活不容易的人，反而在獲得幸福和滿足上容易得多。就像晏禮中採訪完阿力日晷，聽他唱完歌，從他家又走了三小時山路，走到鄉政府辦公室，累極睏極之下，就在辦公室的木頭椅子上睡著了。醒來以後發現，那是他人生中睡得最美的一覺，僅僅是因為沒有跳蚤咬他。從此以後，到任何地方，只要沒有跳蚤，他都能夠睡覺了。

追求有尊嚴的幸福生活，是既複雜又艱辛的大課題，但也可以十分簡單。當我離開平日睜眼閉眼看見的城市，身邊的紛紛擾擾遠去，一時間國事家事天下事全都放下了，有時間自我沉澱與思考探索，遠距離觀察與關心，反而透明澄淨，看得清楚，心靜，氣平，胸臆也開闊多了。

值此歲末年初，自己盤點一下過往：職場奮鬥30多年，美好的仗已打過，也小有所成；結婚成家30餘年，家庭尚稱美滿，兒女也還成材，差堪告慰；退休後三大目標「健康美麗、學習成長、奉獻回饋」，也都逐一落實實踐中。眼下就專心作阿嬤，期望娃兒健康長大，家人友朋平安健康，我自己呢？見到大家快樂，我就快樂，我知足、我感恩、我自覺幸福。所以，我準備兩週後返台，打理行裝發現，個人物品一樣簡便，倒是多了給爸比和皮女兒、小多兒的禮物，都是大寶女兒準備的，畢竟獨佔老媽四個多月，是該給老爸和弟弟妹妹一點補償回饋的。

想想自己還有體力來旅行，有閒暇可長駐，有能力帶娃兒，就很慶幸，來到這麼一個心裡安靜又乾淨的地方，阿嬤的心和水晶一樣透明，是愉悅又自在的。現在即將返台，行囊雖輕便，但手機裡拍了許多娃兒的一顰一笑，成長點滴，和這期間此地美麗的雲天樹木花葉照片，天地之美，生命之愛與自然之美正是留給自己最珍貴的回味，行囊何需多？我相信簡單就是幸福。

5-9 Frozen In Time時光凍結

Frozen In Time，此時華府天候是冰冷嚴寒，我真希望這時光也凝結暫停。

因阿嬤下週六就要回台北了，V寶得去保姆家試讀，一週試讀兩天要費150美金，原定昨日第一次試讀，因大雪延至今日。此刻2015/1/7清晨6點20分，外頭酷寒，昨兒大雪，華氏21度，今早無雪卻更冷，華氏19度，攝氏零下7度，天寒地凍，但T寶V寶卻得摸黑出門被送到保姆家上班。娃兒上車後，阿嬤回到空蕩蕩的屋裡，疊好小娃兒的被子，摩搓著桃紅色狐狸小襪套，忍不住傷感垂淚，小V寶寶現在早覺可醒了？奶奶有喝嗎？新地方可還適應？保姆抱的習慣否？想著想著，竟兀自放聲哭泣了起來，真是不中用。

或許是年歲漸長，更多愁善感吧。不過，22年前，小多出生剛50天，我必須回學校上課，那早上抱著熟睡中的小多下樓，到對面保姆劉媽媽家，小皮女兒幫忙提著保姆袋，我也是紅了眼眶，心裡酸楚，腳步沈重。心想著，我的身上肉、心頭寶，保姆抱著可知勢？但媽媽再捨不得，還是得放手，要去工作啊。所以，這應無關年歲，而是母性，是天性吧。一眨眼，當年送劉媽媽家的奶娃兒小多，已即將大學畢業了。人生啊人生，花開葉落，孩子成長，阿嬤返台，日子要過，時間不能凍結，我們只有勇敢向前，期待不久再聚，T寶V寶長胖長高長大，可以開心相擁抱。

生命中聚散相依，免不了美麗與哀愁，歡樂與思念，在淡淡柔緩的平凡日子裡，我們就把握每一個動人心弦的時刻，創造幸福，留下美好回憶。家人相親，親密團聚很好，擁抱很溫暖；但長大分離，獨立單飛，自立自強，勇闖天下，成長也是必然的，有時候獨處也是種幸福呢。

大寶長大來美多年，唸書、工作、結婚、育兒，從小到大，她自認最是「快樂、自在、幸福」時，就是在愛荷華讀書那幾年，中西部酷寒，大雪紛飛，漫漫深夜，她常獨自一人在圖書館夜讀，因為找到方向，喜歡讀，資料論文期刊書冊，一頁接一頁越讀越起勁，樂在其中，渾然忘我，幾乎欲罷不能，往往到子夜十二點，圖書館關門才踏雪夜歸，連停車管理員都下班回家，免收停車費了。嚴冬夜讀，那種心滿意足的快樂與充實感，就是大寶最大的幸福：自在、單純、滿足！心無旁騖，沒有牽掛與負擔，沒有雜念與俗務，只有簡單的讀書的快樂。獨自一人的幸福。

這一段時間，北國天寒，最是幸福的是能窩在家裡吃吃喝喝，無憂無慮的奶娃兒小V寶！看她一宿好眠，一覺到天亮，五點起來，喝完4盎斯奶奶，帶著微笑，滿足的靠在阿嬤懷裡，再度酣然入眠，「你們大家伙兒就各自上班工作忙去唄！我先睡嘍！」讓懶人姨小皮都羨慕得直想窩在家裡，自願「當一隻豬」也不想出門啦。我想小V寶寒天在家是幸福的，曾經，我小時候也是大冷天一群堂兄弟姊妹在祖母的「大曠床」上，躲被窩窩兒、搬演歌仔戲、聽虎姑婆故事，這也是無上的幸福：自在、單純、滿足！成長中群聚的幸福。

人們很容易羨慕別人，以為此刻別人更幸福。其實，不論獨處與團聚，人人都可以是幸福快樂的，只要「有愛」，只要「付出」，只要「盼望」，人生任何階段、任何時候，都可以找到屬於自己的幸福。童年稚子純真，受盡呵護，是幸福；青春歲月，全心勇敢的追逐夢想，是幸福；成家立業，養兒育女，拚搏事業，有著甜蜜負荷，肩負責任，也是幸福；退休養老，海闊天空，怡情養性，天地無爭，更是幸福。這些個幸福的前提，都是有目標（盼望），有努力（付出），而且愛人愛己（有愛）；相反的充滿算計與仇恨（沒有愛），想不勞而獲與投機（不付出），怎麼可能有幸福快樂的未來？

我喜歡無憂的快樂。古人說的「久旱逢甘霖、他鄉遇故知、洞房花燭夜、金榜題名時」，當下固然快慰如意，歡暢樂開懷，而「追逐夢想、實現自我、責任完了」，所帶來的快樂與滿足，效應一定持續更久，幸福長長久久。我相信，這種自我實現、自我滿足的幸福，是每個年齡層、不分長幼，人人一輩子時時都可擁有的，因為今日的努力，就是明日幸福的基礎。

"The days are long , but the years are short."——Gretchen Rubin。在《過得還不錯的一年——我的快樂生活提案》書中提及，一天好慢，但一年好快，人生苦短啊，我希望Frozen In Time，時間可以凍結，這時刻的幸福也能凝結暫停。可我回頭又想，其實我天天、年年、時時刻刻，都可以創造幸福，留駐美好印記，只要「單純、自在、有愛」就幸福，儘管勇敢向前行，何必流連Frozen In Time呢？

輯六

退休阿嬷行不行？

告別講壇，阿嬷只能當孤單老人嗎？
阿嬷退休如何過得精彩有活力？
阿嬷到底行不行？

6-1 老老師的老忠告

由於暑假即將赴美，準備為女兒坐月子去，因而我沒有續接聘書，學期結束時就提了份書單與臨別贈言給學生，跟孩子們說再見。日前在家把教學用書與上課的隨身麥克風都打包裝箱，告別講台的心情登時再次湧上心頭，確實百味雜陳。

當老師教書30多年，因轉換職務、遷調學校、甚至辦理退休，曾經與學生告別很多回了，堪稱經驗豐富，師生聚散乃常事，揮手一別，各自努力前程，有緣再相會，彼此似乎只有祝福、不需感傷。只因退而不休的我，仍繼續到校兼課六年未曾間斷，今年暑假準備當阿嬤去了，真的是要告別講台，跟這一群學戲的學生們揮揮手，不知是否能再見，心底格外不捨與複雜，他們真需要人疼愛、拉拔與關懷啊。

1989年至1998年間，我任職復興劇校九年，擔任過輔導老師、訓育組長、校長秘書、教務主任、研推主任，那時候全校400個學生，我從背影都可以喊得出名字，師生關係密切。我編《湖心》月刊，孩子當小記者、小編輯；我辦夏令營、新生訓練、學校日、畢旅畢典活動，孩子當助教、擔綱主角或跑龍套；我辦兩岸交流、慶典展演、下鄉巡迴、國際演出，孩子們躍上舞台閃亮出場、大家忙得滿身大汗、但兩眼發亮。然後看著一屆又一屆身懷絕技的孩子離校，在舞台上有人成了角兒，有人跨界出色，也有人藝壇起伏而沈沒、有人力爭上游、有人誤入歧途了。但大家都很驕傲，我們努力過，堅持傳統、根柢紮實，我們是文化的守護者、傳承者、弘揚者，我們也知道做得不夠好、仍有許多不足之處，尚待努力。

在復興與國光整併完成後，我離開復興劇校，到國立三重高中與台北南湖高中繞了一圈，2006年辦理退休後再回到已改制的戲曲學院兼課。這些年來，我發覺學校位階升格了，但部分傳統精神卻消失了：以前有積極練「私功」的，現在常有上課「摸魚」的；以前多「埋頭」苦練的，現在常有爭著「出頭」露臉的。大家都知道「吃苦當吃補」，「台上三分鐘，台下十年功」的俗諺也琅琅上口，但社會氛圍改變了，聲光化電、五彩炫目、價值多元、光怪陸離，許多人汲汲營營、想快速成名致富，許多人急功近利、迷失了自己，還有多少人願意再痴痴練基本功、當傻子呢？

在講台上，我有時自己生氣，為什麼孩子們作業草率應付、考試率爾操觚，上課竟然玩手機、連網路、看小說或聽音樂而不聽課呢？如此作為，到底這些孩子的目標何在？為什麼見不到「認真」的態度了？我一直告訴孩子要有「三A的人生」：Aim目標，Attitude態度，Action行動。不論進學校或生涯抉擇，做任何事都要先確定目標，再輔以敬業樂業的良好態度，和積極認真的執行力，這「三A的人生」是務實的人生觀，值得參考的座右銘，不知道孩子們聽進去了沒？

這暑假開始之前，在給孩子們的「臨別贈言」裡，我說：

恭喜同學長大了，一年又一年，高中階段正是面對自己沈澱思索，蹲下準備躍起的時候。這時候我們應該要把自己內外修治停妥，以備開展未來美好的黃金歲月。

外在的「形象管理」，從服裝儀容、言行舉止到運動健身，都是營造個人形象不可少的一環；至於內在的「智識底蘊」，就需要努力吸收一般通識文化涵養，與專業知能。諸如：語文能力、電腦資訊運用能力等一般知能還有基本文化素養與專業認知等能夠內外兼修，有好形象又有豐厚內涵，未來才有機會優游自在一展長才。

為了積極準備面對未來，現在就可以多多閱讀相關專業書籍、雜誌、網路資訊，「腹有詩書氣自華」，氣質涵養與文化薰陶是密不可分的一體兩面，大家不要放掉書本，多閱讀、愛閱讀、多關心時事、關心世界，時時充電，讓自己經過「自我教育」而成長蛻變、脫胎換骨。

於是我開了一張書單，包括古典經典文學作品、現代經典文學作品、還有西方經典作品，洋洋灑灑三大類、二十餘項、古今各數十名家名著、一共兩頁，希望孩子們「開卷有益」，蓄勢待發。

暑假某日在娛樂版看到電影製片家、曾是知名演員的李烈，在台北電影節開設新人訓練課程擔任講師，李烈以自身經驗對學員開出兩大功課：多照鏡子、多看書。李烈要有心進入演藝世界的年輕人多照鏡子，是讓自己更了解外型的優缺點，並面對鏡子練習表演，以揣摩修正自己的演出；至於內涵的提升則要靠多看書充實自己，從書本中吸收養份，並嘗試化身為書中的不同角色，磨練演技。

今年2012正好是台灣新電影30周年，台北電影節還推出系列影片與活動。李烈也在課堂上說，台灣電影在國際場合亮相的機會很多，既然出國就是代表台灣，因此她非常重視影片工作人員在國際影展中禮儀與服裝的表現。像「艋舺」、「翻滾吧！阿信」等片導演、演員出國前的服裝，都要先過她這一關，以免貽笑大方。

李烈這一段毫不藏私的講話，深得我心，說得真中肯！從形象、內涵、到演技，一定讓受訓者獲益良多。我一再對孩子們強調「三A的人生」：Aim目標，Attitude態度，Action行動，和「臨別贈言」裡提及的「形象管理」與「智識底蘊」，不也和李烈所說的「多照鏡子」、「多看書」有異曲同工之妙嗎？或許老老師的老忠告，老人家的叮嚀都雷同吧。

6-2 老太太在家「新十誡」

老太太我退休六年來一直有兼課、當義工，又學書法、打太極，日子忙碌得很，也過得充實又起勁兒。今年暑假中，飛越關山萬里，到美國德州陪大寶女兒生產、坐月子、又帶孫女兒、兼幫女兒當管家近四個月，年底回台北，「丟了差」沒課可上，書法班與太極拳也插不上，一時間賦閒在家，空虛得慌，還真不適應。

所幸返台一個月，除了偶而被請託當「義工」撰稿，還需要管管家人、管管家務當「管家」，這陣子海內外親友諸多聯繫，在老家的新樓建築興工與裝修也需叮嚀，故而日子仍是繁忙得很。但相較於往昔，空閒時間多了，需關照的人與事卻少了，老太太還是「照表操課」，一切按規矩來，這不是自討沒趣嗎？黎明即起、灑掃庭除，早晨催促孩子「早起身體好」，總被該上班的嫌囉嗦；一抬眼見少年郎髮長覆額蓋耳，催促孩子該去理髮，又被忙著期末考的吐槽嫌煩；老太太在家「太過積極進取」，會被嫌棄，於是我趕緊強化「心法」，自我調適，悟出老太太在家的「新十誡」：退休人士應有的健康心態，頓時，心澄意明，海闊天空！

有個老朋友傳來退休看法：「十個切記」，我一看，這不就是寫給我等退休老人、老太太我的在家「新十誡」嗎？雖然只有標題，我立馬稍加整理，一經思考、闡述，自覺還頗有幾分道理。你看：

> 第一誡：倚老賣老。一要切記：歲數大了不是本錢。

這年頭什麼都值些錢，就是歲數不值錢。心裡千萬別有那麼多的「應該」或者「不應該」。人家喊你聲「老頭兒」或「歐巴桑」沒什麼錯，叫你聲「老先生」或「老太太」是對方教養好，並不關你什麼事。年輕人憑力氣搶先佔優，那是生物本能；有人給你讓個座，一定要記著說聲「謝謝」，那是有幸碰到了大好人。退休了，千千萬萬別再倚老賣老。

第二誡：提當年勇。二要切記：「想當年」不是人人都愛聽的話。

如今不是憶苦思甜的年代，沒人願意享受你的光榮歷史和坎坷經歷。時代畢竟不同了，你吃過的野菜，現在變成了高檔佳餚；你墾荒造田，現在成了破壞生態。上學沒鞋子穿，制服要兄弟傳承的故事，讓年輕人沒法理解，現在大學多到招不到學生，大家對經濟、娛樂與國際問題比較有興趣。因此，「想當年」的話題要適可而止，畢竟「當年」不如「當今」更實際。好漢不提當年勇，別翻陳年舊帳了。

第三誡：愛管閒事。三要切記：少管閒事，特別是家中的「閒事」。

孫輩的教育是子女的事，如今都是「蒙特梭

利」、「灰太狼」年代了，你還在講「從前有座山，山上有個廟……」，那才叫「毀」人不倦！與子女相處，千萬不要喋喋不休，要有「國策顧問」的位置感，既要到位，又不能越位和錯位。大事表個態，聽不聽都別計較。子女徵求你的意見就是敬重，要主動追求個清閒自在。可以關心，可以建議，但是不要堅持己見，不要硬插手，別想掌控全局。

第四誡：纏人黏人。四要切記：年輕人一定比你忙。

你想孩子了，可以打個電話，孩子想你了可能連打電話的時間都沒有。千萬不要為這種事計較。記住：抱怨多了會「兩敗俱傷」。如果孩子真來看你，可千萬不要找理由強留著，孩子們「花時間」與「花錢」一樣，是用金子買光陰，能抽出一分鐘來看你就是好事。退一步想，人與人相處，有點黏又不太黏，彼此保留一點小距離，可以減少摩擦與衝突，更添和諧，有朋如此，親密的親子亦然。體諒一下，孩子忙，就別去纏他、黏他了。

第五誡：自捧討賞。五要切記：自願付出時別想著回報，不要總把為別人做的那些事掛嘴上。

幫子女做飯洗衣、照看孩子沒有不叫苦的，但千萬別當著子女的面傾訴。理解不理解的要多些淡定，權當是為社會做了義工。有些事不一定就能將心比心，「尊老愛幼」永遠是把「愛幼」放在第一位，因為「朝陽」總比「夕陽」能讓人多些憧憬。照顧子女是天職，能為孩子付出是福氣，兒女長大照顧幼小，代代相承，天經地義，老人被忽略，就別自討當年功勞，自捧討賞，更無趣。

第六誡：看不順眼。六要切記：不要總想著改變別人。

鄰家女孩乍暖還寒就穿上了短裙絲襪，那是姑娘喜歡「美麗凍人」；老伴做事兒丟三拉四，那是難改的「頑疾」。每人都有自己的習慣和活法，原本沒有絕對的錯對。改變不了別人就試著改變自己，其實你自己也很難改變。與其這樣，改變不了別人生悶氣，不如來個和平共處，淡然處之，總比指手畫腳讓人歡喜。夫妻親子一輩子就是有緣，要惜緣，就要包容，睜隻眼閉隻眼。放寬胸懷，一樣米養百樣人，別人只要不犯法，他要怎麼做，干卿底事？

第七誡：固守錢財。七要切記：待人處事別太摳門，錢多錢少都要有個爽快大度。

對親朋好友自不必說，就是子女買東西來孝敬，也一定要說聲謝謝、搶著付錢。雖然很多人都不缺錢兒，但咱要的就是那種坦然。記住：世上沒有免費的午餐，享受和諧快樂也要掏銀子出本錢。把數得出來的養老金花出學問，可是一種智慧，「人死了錢沒花完」，真不如生前開明大義些。老本夠用就好，能夠為親朋好友與孩兒花點錢，花得恰當受歡迎，自己也開心。

第八誡：不修邊幅。八要切記：邋邋遢遢不是小事兒。

人老了懶點可以，但千萬別懶在穿衣戴帽、洗刷衛生上。你要保持艱苦樸素的革命傳統也可以，但要記著整潔乾淨。這年頭世界都變成了地球村，別因為自己的邋遢影響了家庭的生態。要知道你的衛生、你的穿戴不是你自己的事，那是家庭的招牌和子女的臉面。

第九誡：囤積廢物。九要切記：千萬別像存錢那樣存著破爛兒。

有道是「破家值萬貫」，那是上個世紀前的說法兒；當下留存東西不能光看有用沒用，要看常用不常用。不常用的東西，用時不一定找得到，所以還是早早處理掉。大件的東西得趕快更新，說不定以後花錢攆它走都不容易。家裏的東西究竟是多是少，先看看你家的「踢腳線」能露出多少，就立馬知道。

第十誡：依賴子女。十要切記：別老想著靠子女，消除寂寞根本還在自己。

對岸的人說：從四合院改成了單元房，放飛的都是小家庭的夢想。小家庭的日子就像私家的車，雖然都在一條路上跑，但沒人願意去合夥併車。老年人要練好的是自己的車，即使獨守長夜，也要勇敢地往前走。我想：養兒不必能防老，兒女也不一定願意與老人同住，所以，還是廣交朋友、儲蓄友誼、身子健朗、存點老本，才是老年人應當儘早做的事情。

記住：做好自己才不會寂寞，因為今生只有一個人能永遠與你在一起，那就是你自己。想到這兒，還真有一點兒悲涼，其實也沒這麼嚴重，放輕鬆，換個角度，就可以「微笑以對」了。為了落實這退休老人「新十誡」，我自己發明個「旅館管理哲學」——把家當旅館，以旅館服務態度和孩子相待，果真別有一番樂趣。

「家庭旅館」開張：早晨，自己早早起床漱洗完畢，就「到班、上工」啦！催促小孩起床，算是「飯店Morning Call」，客人該感謝，管家也不再生氣。管家在「家庭旅館」供應三餐、清洗衣物、打掃屋子、修剪花木，忙碌依舊，但「保持距離」就安全又快樂了。我見到「客房」有髒球鞋可以刷洗、寢室垃圾可以倒掉、被子可以拉正、但桌上椅上東西卻不要去動。「家庭旅館」提供舒適的食宿環境，老媽我是以退休「新十誡」自我警惕，分際清楚，不越位、不越權，以確保老媽「管家」與「客倌」孩子相安無事。卑微啊！現代退休老人。

6-3 一個人的情人節

情人節是年輕人專屬的嗎？看新聞裡大家又是玫瑰花、又是巧克力的，還有燭光晚餐伺候，濃濃的浪漫氛圍令人頗為羨慕。送小多兒出門的路上，我問兒子：「要不要幫忙傳個簡訊或打個電話給爸比，祝他情人節快樂？」兒子不以為然的聳聳肩回我：「你可以自己打啊！」

從年輕到如今，我家爸比就不時興耍浪漫，什麼生日、結婚、大小紀念日的，能記得已不容易，更遑論軍務倥傯，連回家都沒時間，哪還有空準備禮物？兒子既然不願替我打電話問候兼提醒，也罷，何必自討沒趣又花錢，我們都是務實派的「沈佳芬」（省加分），就一切從簡，免啦。我不如自己找樂子，自我排遣去吧。

今兒情人節星期二，難得陽光和煦，濃濃的春天氣息滿溢，一出門淡淡花香撲鼻而來，放眼望去早春櫻花一樹煙紅，庭院裡嫩葉新綠處處，讓人不由得精神抖擻，心情愉悅起來。週二上午固定的太極拳時間，先去舒展筋骨，運動過後，中午悠悠晃蕩回家自炊自食，下午預約了牙醫，繼續蛀牙的治療，就去看牙醫，然後順便逛逛，自得其樂吧。

在牙醫診所裡，聽隔壁診療床趙醫師對一位七八十歲的老先生說：「伯伯，你下次不要搭計程車來，這樣好危險，要讓家人陪你過來。」原來趙醫師注意到伯伯剛剛下車時司機還在推銷某種保險，拉著老先生要他拿證件馬上辦，診所的人過去代為解圍，趙醫師擔心老先生遇到詐騙集團，這提醒聽來格外溫馨。不消一會兒，我看好牙，也回頭給老先生一個微笑，友善的台北人，壞蛋畢竟是少數，但還是小心啊。

從診所出來，一看時間，離晚餐還早，我沿著內湖街上遊逛，看到理髮廳裡一個白髮皤皤的老先生在理髮，沙發椅上做了一個年輕女孩兒在玩手機，不時抬頭跟老先生說兩句，看來似乎是孫女陪爺爺來理髮的，不錯，老陪少，少陪老，感情好。往前走，經過常買衣服的「小珍服飾店」，店裡衣飾光鮮繽紛、物件齊整，卻不見人影，玻璃門上掛個吊牌：「賞花去囉！當然是櫻花。明日再來。」還畫個笑臉和幾朵花兒，快樂得令人嫉妒呀。繼續走，來到碧湖邊，湖水蕩漾，午後陽光也感染些許慵懶，看白鷺鷥點水而過，嘎嘎一鳴，呼朋引伴，三三兩兩佇立水邊青草地，似乎一點兒也不畏懼那垂釣的男子，還有倚樹聽風看雲的我，大家都是湖水邊上的過客啊，幸會幸會。

一個人的情人節，安步當車，繞了一圈，自我排遣，頗愜意。於是，心滿意足的我踅回，準備開車到三重去看看我老媽，隨手帶了幾個蘋果和一本日曆，去陪老媽聊聊天吧。老媽八十多了，只愛一天撕一張的傳統大日曆，但經濟不景氣，那種老式耗費成本的日曆少見了，我好不容易要到一份，雖然已經二月了，還是可以再用十個月啊。老媽睡過了午覺，談興佳，東拉西扯盡是陳年老帳，我只需聆聽就好，偶而加註重點或提問即可，不需筆記、不需評論，話題從我祖母、姨舅、叔嬸到我老父、老弟等等，縱橫三四代，回憶裝滿老母胸懷，有機會能掏出來清理曝曬一番，也是好事一樁。逗留一個半小時，幫忙老媽把日曆組裝吊掛起來，趁著黃昏的滿天彩霞，我就打道回府該做晚飯囉。車上高速公路，收到先生傳來簡訊：「情人節快樂！」哈，太陽都要下山了，他忙完公務，才得空在車上一字一字按手機傳來五字箴言，我笑納啦。Happy Valentin's Day！

6-4 人生不後悔的25件事

國片「海角七號」片中演員「茂伯」林宗仁心肌梗塞驟逝，令人錯愕。茂伯在電影裡是個固執可愛的國寶，頗為討喜；真實生活中的林宗仁平日熱愛北管、孝順高齡老母、現在走老運拍戲拍廣告做公益，也堪稱國寶；如今國寶驟逝，讓他的家人與社會各界同感不捨。《中國時報》報導，他的經紀人陳家倫透露，茂伯留有3大遺憾，一是未能繼續照顧年邁的母親，二是尚未將北管戲曲發揚光大，三則是沒機會拿到金鐘獎。陳家倫說，茂伯拍戲認真，台詞絕對背熟，今年（2011）年初還不服輸地向他說要挑戰金鐘，他認為老天欠茂伯一座金鐘獎。

唉，生命無常，人生得意須盡歡啊，我喜歡大詩人李白的〈將進酒〉：「君不見黃河之水天上來，奔騰到海不復回；君不見高堂明鏡悲白髮，朝如青絲暮成雪。人生得意須盡歡，莫使金樽空對月。天生我材必有用，千金散盡還復來。烹洋宰牛且為樂，會須一飲三百杯。」多麼豪邁的快意人生啊！老友相聚，暫且為樂，聚會要歡飲才暢快。看到這兒，不禁令我想到最近讀過的一篇書摘，在日本有位年輕的臨終關懷醫師大津秀一，他在親眼目睹、親耳聽聞過1000位患者的臨終遺憾後，寫下了《臨終前會後悔的25件事》一書。這本書歸納了25件人們後悔此生未完成的憾事，包括：

01：沒有做自己想做的事。

02：沒有實現夢想。

03：做過對不起良心的事。

04：被感情左右度過一生。

05：沒有盡力幫助過別人。

06：過於相信自己。

07：沒有妥善安置財產。

08：沒有考慮過身後事。

09：沒有回故鄉。

10：沒有享受過美食。

11：大部分時間都用來工作。

12：沒有去想去的地方旅行。

13：沒有和想見的人見面。

14：沒能談一場永存記憶的戀愛。

15：一輩子都沒有結婚。

16：沒有孩子。

17：沒有看到孩子結婚。

18：沒有注意身體健康。

19：沒有戒菸。

20：沒有表明自己的真實意願。

21：沒有認清活著的意義。

22：沒有留下自己生存過的證據。

23：沒有看透生死。

24：沒有信仰。

25：沒有對深愛的人說"謝謝"。

大津秀一醫師說得太好了！漫漫人生，我們追求什麼？當人生必須謝幕時，想不留遺憾，我們又該把握生命做些什麼呢？有人遺憾沒賺大錢，有人遺憾沒升到官，當然也有人為沒能福祿壽喜全得而抱憾。這一趟人生之旅，我們都該有些夢想吧？我就有位老同事，在酒酣耳熱時說：「我這輩子沒談過戀愛，真後悔！」可明明大嫂和他結褵40載鶼鰈情深，感情好得沒話說，我想或許是酒後吐真言，他真嚮往冒險刺激的轟轟烈烈愛情吧。我也有同事姊妹淘，年逾花甲，天天愁著家中熟男熟女不婚不生，不知如何是好。

生命的列車一直向前開著，從童稚幼年、青澀歲月、黃金年華、青壯盛年、到榆年垂暮，人生想不留白，在每個階段就需各有追求，才不至於至終徒呼負負。有一則順口溜，44個字道盡一生，在詼諧中不乏惕勵作用：

1歲，出場亮相；10歲，功課至上；20歲，春心盪漾；30歲，職場對抗；40歲，身材發胖；50歲，打打麻將；60歲，老當益壯；70歲，常常健忘；80歲，搖搖晃晃；90歲，迷失方向；100歲，掛在牆上！

我想人生猶如舞台，幕起幕落，上台下台是常態；出場亮相要盡力，戲份已盡，自然先行下台；仍留台上的，則須繼續努力演好自己的角色。自己的人生自己掌握，把握當下，認清目標，積極過日子，人生自然充實無憾。面對人生，我以為應有三A與三圓的人生觀，三A：Aim、Attitude、Action，就是要確立目標、認真態度與足夠的行動力。而三圓的人生觀則是指：緣，珍惜情緣；源，探尋本源；圓，追求圓融。

對我這麼一個半退休的老嫗、資深軍眷來說，浪漫追夢的青春年代、意氣風發的黃金歲月，都已過矣，軍眷家庭的甘苦，自己選的自己嘗，無怨無悔，反倒滋味多呢。如今看人生好比翻筋斗，時間一到就該準備下台鞠躬囉。這時節，我該忙什麼呢？哈，先生繼續報效國家，努力軍務；孩子們各為學業事業奔忙；我則運動養生、保持健康；兼課當義工、回饋社會；閱讀進修，修身養性，關懷家人與親友；我期待兒女家人健康平安，成家立業順遂有成；我行有餘力還捐輸濟眾，發揮大愛……。行程滿檔，似乎忙得挺快樂、熱呼呼的。當然，近日裡我正「飲水思源」，為先生家族大事忙著奔走台金星印聯繫，預備在老家蓋個「思源第」，作為家族聚會所，也是不忘先祖祖德馨香的紀念館吧。

套句時髦話兒——翻滾吧！王小真。「退休不留白」，生命不後悔，人生正精彩呢。

6-5 看《虎媽的戰歌》（Battle Hymn of the Tiger Mother）有感

《虎媽的戰歌》（Battle Hymn of the Tiger Mother）2011年初在美出版，書中虎媽的「中國媽媽」親子教養方式，東西文化衝突，立即引發許多討論與爭辯，中文版3月31日第一版在台首刷印行，到5月20日就已經八刷了，可見其轟動與受重視之一斑。有關「虎媽」的作為與理念，我早在報紙與網路上略讀過部分相關論戰，這回利用赴美休假、當書僮陪讀的閒暇，花了三天仔細研讀，可真是「甘拜下風」，自我檢視後，不禁自問，三個孩子可也當我是隻「Tiger Mother」？

「虎媽」蔡美兒（Amy Chua）華裔福建人。蔡美兒父系祖父母1920年代自福建移民菲律賓，先賣魚漿，後做塑膠生意發了大財，父親不愛經商、很有數學天分，1960年偕妻赴美，拿了博士學位，任教於普渡大學；母系外祖父母也是福建人，原任教師，後來改行賣米，母親1936年在大陸出生、2歲時舉家移民菲律賓、擁有大學化工學位；蔡美兒四姊妹是在美國中西部長大，在典型的中國家庭教養下，三個姊妹都是哈佛、耶魯畢業的博士，分別在耶魯、史丹福等名校任教，極為出色，就連罹患唐氏症的小妹，蔡媽媽也努力教她讀書、背九九乘法表，還拿到國際殘障奧運游泳項目的兩面金牌。這一家中國人移民美國，是力爭上游，積極進取，表現傑出，很露臉的典範。

蔡美兒生肖屬虎，自稱虎媽，嫁給美國猶太人，對兩個女兒蘇菲亞與露意莎採取「中國式教養」，為了幫助孩子追求最大成就，她很清楚的禁止小孩：不准去別人家過夜、不准參加朋友聚會、不准參加學校話劇演出、不准看電視玩電腦遊戲、不准自己選擇課外活動、不准任何一科成績低於A（體育和戲劇除外），不准彈奏鋼琴或小提琴以外的樂器。虎媽會採行高壓教育政策，源於她認為孩子可以成為頂尖的學生，而學術成就正反映出教養的成功，所以她花費許多心力與時間，軟硬兼施，用盡方法，讓孩子進入主流社會，學鋼琴與小提琴，而且必須要有傑出成就。蘇菲亞在媽媽用心栽培、找合適的老師學琴、緊盯著陪伴、長時間努力練習，連國內外旅行都照樣找地方練足時數之下，9歲就在當地贏得一項鋼琴比賽，被茱利亞音樂學院的大師收為私下弟子，14歲登上卡內基音樂廳開演奏會，還受邀到布達佩斯登台表演，走紅國際，這幕後推手、訓練班長，虎媽居功厥偉。

但是虎媽的鞭策，也非全家贊同。除了孩子的爹時時提醒虎媽太過嚴格外，令人印象深刻的是孩子的反撲與對抗：鋼琴上的印記，狗啃的頭髮。書中提到，蘇菲亞聰慧順從，認真練琴，十分優異，人人讚揚；但她6歲時就在鋼琴中央C位置上方木頭上，留下牙齒的咬痕，想想那用牙齒咬鋼琴的印記，是一個小小女孩多麼痛恨的無言抗議啊。虎媽的小女兒露意莎個性更鮮明，先學鋼琴，後轉練小提琴，同樣秀異出色，但她卻常頂撞虎媽、抵制練琴與表演，為了不願意在自己的猶太成年禮上演奏小提琴，露意莎竟把自己反鎖房裡，用剪刀把長頭髮剪得一高一低，有如狗啃的，這自我傷害式的報復，很激烈、也很可怕，讓人膽戰心驚，家庭成了戰場。露意莎為了學網球，不被虎媽允許，她可以出國時抵制不練小提琴，在俄國紅場聲嘶力竭大叫「我恨你」，逼著虎媽在眾目睽睽下羞愧奔逃，同意孩子不學小提琴，改練網球。

全書以東西方的文化衝突、價值觀比較為主軸，把虎媽對兩個女兒的教養真實呈現，很令人震撼。虎媽的作法無所謂對錯，甚至可以說，虎媽的用心與投入恐怕無人可超越吧。我們小朋友也都學過琴，但都只是學學才藝，當個興趣，將音樂當個終身受用的藝術良伴而已。但是虎媽的孩子學琴，媽媽跟著旁聽成長，幫著蒐集資料，深入教材核心，鋼琴上虎媽給孩子練琴的提示便條紙，可有千百張之多，想到這兒我們都該汗顏。

我生養了三個小孩，一直以來只期望孩子「健康開朗、認真負責、誠懇樸實做自己」。對孩子的學業表現，要求盡力而為，適性發展；對未來的生涯選擇與規劃，只有支持與尊重；因此三個孩子，大的先學國際關係轉語文教育，中的學的是生化科技，小的目前學文，三人各異，都是孩子自己做的抉擇。

我想：生命無法做實驗，教育是門藝術；虎媽的教養方式很極端，我個人深深不以為然，每個父母都應該是教育的藝術家，要創造自己最美好的生命作品，教養孩子作他自己。因為每個孩子都是父母獨一無二的最佳作品，所以我們千萬別以世俗的眼光去評價孩子的成就高低、表現優劣，那些有形的成就都是虛妄的過眼雲煙啊。

父母對待子女只能以「上帝的恩典與生命的奇蹟」來看待，父母要教導孩子的是珍惜親子緣分、享受生命的美好，做個有用的人，得到被人敬重、被人喜愛的快樂，絕對不僅僅是拿高分、得大獎、賺大錢、享名利而已。哈，話說回頭，或許我只是個標準阿Q，他人眼裡的埳井之蛙、退休阿嬤罷了。

6-6 蠢媽周三日誌

自從2006年退休以來，我調整心情重新出發，力行「健康、學習、奉獻」退休三守則，每週安排氣功太極運動健身，還學英文閱讀書報，並且到校兼課當義工回饋社會，當然還有更多的時間回歸家庭，結果我近日發覺自己竟已變成一個不折不扣的「蠢媽」了。

蠢媽的蠢，就在單純又愚蠢地奉行母親的天職，數十年如一日，始終恪守本分，今兒終於被兒女嫌棄鄙夷，卻還無怨無悔執迷不悟，實在真蠢哪。以週三為例，就可看出蠢媽的蠢事之一斑。

一早，不用鬧鐘，我照舊準時05:50之前起床，盥洗完畢，下樓清掃台階與花圃的殘花落葉，再給花草樹木澆水，按下洗衣機清洗衣物，然後放音樂自個兒在門口大樹下練一段「養生氣功」，第一節的晨間活動便告一段落；06:40上樓「晨喚」叫小多起床，床邊請安不夠，還要三催四請提醒時間進度，順便備妥早餐、換裝準備出門；07:00鐘響準時出發，送小多上學，來回一趟正好07:30，第二節的晨間活動完成。接著，我看報、吃早餐、換叫小皮起床，外加晾曬衣服，收拾屋子，待08:30小皮出門上實驗室去，我第三節的晨間活動就大功告成啦。

依例照表操課完成「早課」，本來應當是生龍活虎的媽媽和朝氣蓬勃的孩子，一起展開美好的一天，結果卻因孩子晚睡被催早起，難免有起床氣，口氣不佳，一路沈默不語，唉，這都該怪電腦網路迷住了孩子，怎能怪媽媽蠢呢？

星期三沒課，我是自由的，通常我拿這自由日做家事，採購家用必需，或是犒賞自己（進修、娛樂、美容、治裝、訪友皆可）。上週三先送小多上學，然後送小皮上實驗室後，我接著幫小皮把她的小車送去做新車滿月保養，同時間我找個地方洗頭，一舉兩得。中午回家自己煮了簡單的中餐，吃過飯就來個大清掃，先清潔全屋子地板，用吸塵器吸淨，用抹布拭過，還用木質地板精油保養過，三趟下來已是大汗淋漓。接著再刷三間廁所與浴室，然後又換下床單清洗，再鋪上秋冬的床罩，最後把上星期洗淨曬乾的涼被裝袋收藏。當我接連做完幾樁大事後，環視上下左右，真是滿心痛快又志得意滿，這還不夠，我還將報紙與瓶瓶罐罐捆好下樓做資源回收，還移好車位，力求完美。（將小皮的車換到裡面，我的車移到外面，因為我明天一早有課要早出門。）這時勞動忙碌半天的我早已一身臭汗，洗個澡天色已黑該煮晚飯，小多要放學回來啦。

晚飯不能含糊，不能炒冷飯沒新招，也不能要老套沒進步，上週青蓉送來麻油雞與油飯，雖是我的最愛，但孩子不愛，我只好獨沽一味自個兒慢慢嘗，要另炒青菜、蒸蛋、做飯，餵飽嗷嗷待哺的叼口小兒（黃口無飽期）。就拿這晚上的「蒸蛋」來說吧！鄰居送了一紙盒的有機養生蛋，上星期我先做過一次蒸蛋，結果小多嫌水分不夠、太硬、調味也不勻、有的鹹有的淡，算是失敗的嘗試；隔兩天我就水分加多，看一碗蒸蛋膨脹鬆軟，第二次蒸蛋該成功了吧？結果還是被小多挑剔，矯枉過正、淡而無味，小皮也說看看「茶碗蒸」什麼樣的，應該用高湯，應該加魚板柴魚，怎能用白水呢？說的是，我這就立馬改進，現學現做，用雞湯蒸蛋，果真一端上桌，滑嫩甘甜，鬆軟可口，我終於蒸蛋成功啦。但是，成功不必得意太早，當我把炒飯端上桌，一開動就破功了。原來我把昨天的乾煎北海道鮭魚做成鮭魚炒飯，又為了勤儉持家，再將前天第二次失敗的蒸蛋混入炒飯中，看魚肉、蒸蛋、蔥末與白飯，這紅黃綠白不是配色一流、色香味俱全嗎？沒想到皮皮與小多齊向他們老爸電話吐槽：這鮭魚飯又不是做化學實驗，被老媽任意添加材料，都快變成溲水飯啦。毒蛇派小皮還揶揄老爸，老媽做菜老爸最捧場，每回都吃光光，因為家裡飯菜和部隊沒兩樣！這究竟是詆毀軍中伙食，還是嫉妒老爸老媽感情好哩？

　　吃過飯，稍事休息，待洗好碗筷、沐浴更衣、熄燈上床，已經夜深人靜，星期三要結束了，這就是無聊蠢媽的一天，努力做家事，地板浴室馬桶都變乾淨了，床單被子也換過了，但小孩卻好像沒感覺有何不同，沒有驚奇，也沒有讚美。就連認真改善伙食、變化菜色，好像也沒引起共鳴、得到認可，反倒暴露更多蠢媽蠢事。唉！為了不蠢，廚藝不精的老媽，看來還得力求進步，努力學做菜，否則恐怕難抵家裡的批評浪潮。

6-7 星期五，老太太漫遊日

星期五是我最喜歡的日子，準備過週末、心情輕鬆沒壓力，懷抱著期待心理，做起任何事來都帶勁兒，心底先盤算好待辦事項清單，一樁樁慢慢做、漫漫遊，多麼愜意。週五，就是老太太的漫遊日，可以打掃屋子整花圃、可以洗頭梳妝打扮、可以跑銀行機關洽公、可以購物採買補貨……。週五真是令我歡喜，一週最美好的一天啊。

以前當我還年輕，是學校正職老師時，就特別喜歡週五，因為軍職的先生東遷西調，通常只有假日才能回家探望妻小，歡樂周末就是我們的家庭時間；我總是在週五晚上與週六忙著帶小朋友理髮梳洗、打掃屋子、採買做飯，準備讓孩子到門口列隊歡迎爸爸歸來，卻常忘記自己也該整理門面、穿著美麗呀！俗話說：女為悅己者容，我想女生為喜歡自己的人打扮是沒錯，同時也是為自己快樂而打扮，為自己快活更重要哪。

週五的期待，應該是媽媽們都喜愛吧？我的內湖芳鄰兼好姊妹林媽媽，是專業保姆，二三十年來一手拉拔長大的孩子恐怕有五六十個吧？林媽媽星期一到星期五都是一副T恤半短褲的武行妝扮，給奶娃兒把屎把尿、烹煮餵食、外加灑掃洗衣，工作中的她簡直是「蓬首垢面」狀態！可是，週五傍晚奶娃兒一回家，她立刻上美容院洗頭整妝，換上亮麗外出服，週五晚上或週末的聚會餐宴活動，林媽媽必定容光煥發「螓首蛾眉」，搖身一變，衣著光鮮的閃亮出場呢！林媽媽常說，保姆下班，就變貴婦啦。只是林媽媽的變身時間稍晚，要到週五晚上，我比較幸運，週五整日都是自由時間。

過去我是職業婦女兼家庭主婦，現在退休清閒多了，只兼課、當義工與專職軍眷，應該算一個半差事吧？週五沒有課、也不上太極拳、不當義工，漫遊之樂樂無窮，我十分喜愛我這每周一日的驚喜。最近的幾個星期五，就周周有新發現呢。

寒假尾聲，開學前的週五2/11，帶小多到民生社區理髮、湖光市場買菜、打掃屋子、洗頭護髮、家族聚餐，跟姑姑姑丈表兄弟和老弟歡聚，很豐富的一天。

開學後第一個週五2/18，我外出辦事兼考察台北交通市政。早上出門，搭公車到火車站辦事，又轉車去購物，還參觀農特產品展售，一路上發現公車服務絕佳，車廂整潔、司機隨站報告、還親切回答乘客詢問、並提醒我到站目標方向。回家路上看繁花盛開、綠草如茵、路樹搖曳生姿、樓宇色彩繽紛，台北的整齊、美麗、友善、溫馨與便利，我全部都嘗到、看見了。這真要謝謝許許多多的市政服務人員，你們是使台北更令人喜愛的無名英雄啊。

再下一個週五2/25，我一樣是公車漫遊台北，辦事去。從松山、內湖到三重，兜了一圈辦妥許多瑣碎事，最後「諸事圓滿」，很高興的從三重搭公車直達內湖回家！這趟公車路程遙遠，我坐前排，乘客不多，過松山機場後和司機不禁聊了起來，原來跑一趟來回要兩個半小時，聽了許多運匠甘苦談和公車老典故，長了知識又有趣，讓我一路開心回家。

接下來的週五怎麼過的？當然還是週週快樂，老太太開心漫遊啊。3/4到台中港軍艦上參加晚宴，海軍敦睦支隊遠洋航行，先到台中港來，我有幸受邀到武夷號既開眼界又吃大餐。這星期呢？3/18也是要到台中，台中中興堂有場「南音交響樂歌劇」演出，受邀去欣賞「陳三五娘」與「梁祝」，那可是廈門戲曲藝術家擔綱，精采可期呢。

星期五，快樂的星期五，如果你看到一個阿婆在台北街頭，悠遊閒逛，自在快活，那就是老太太我王小真啦！那絕對不是屈原，行吟澤畔、形容枯槁、顏色憔悴，只因大詩人不懂得「週五，老太太漫遊日」的樂趣啊！

6-8 與女兒談節慶、儀式與家庭經營

阿寶：

中秋節要到了，日前你說想吃臭豆腐與蛋黃酥，希望老媽幫你寄過去，我一想恐怕不妥，海運食品會腐壞，空運運費又太高，所以就要你忍一忍，回台北再滿足一下口腹之慾，現時裡就先去大華超市買個應景的月餅、蛋黃酥，和港元兩人一起過節解解饞吧。

我知道「獨在異鄉為異客，每逢佳節倍思親」，逢年過節對隻身在外的人來說尤其難捱，一屋子冷清、滿懷寂寞，更讓人想要回到溫暖的家，與家人甜蜜相伴，吃吃過節的食物，跟著大家夥兒在節慶活動裡熱鬧一番。就如同過年要圍爐、要守歲、要拜年、要有年糕和年柑；中秋賞月少不了文旦柚與月餅；端午當然要包粽子、划龍舟；我就喜愛凡此種種年節的

熱鬧，這些節慶的「儀式」，讓生活更豐富、生命更踏實，一切都變得更有意義了呢。

中秋將屆，我們家裡一如往年，堆滿了柚子、月餅等應景年節食品，我和老爸給親友送禮，親友也會回贈，禮尚往來，藉著年節給長輩親友送份小禮問候請安，藉著賀節多個機會聯繫，知道彼此安好，令人多麼快慰，所以我喜歡過節！即使過節使人忙碌，我還是喜歡過節的儀式，從小在大家庭長大的我，就喜歡年節跟著大人廚房裡炸雞捲、端碗盤，門埕口大清掃、貼春聯，院子裡剝柚子、擺矮凳、講故事⋯⋯；長大成家了，我也希望透過各個年節、生日、紀念日的「儀式」，讓家人凝聚，讓孩子感受那份生活的踏實與美好。

節慶與特殊日子的「儀式」，是會讓人深深感動的，因為其中蘊含了愛與祝福。我很敬佩阿公阿嬤，身居海外，過年過節的習俗儀式、糕餅粿粽，一樣也不少，家裡氣氛好溫馨，我們每回在雅加達家裡過節，都感受特別強烈，禮失求諸野，一點也不假。尤其是每年阿公生日，不論在台北或雅加達，我們都辦家族聚會，為阿公準備生日禮物，大家一起吃蛋糕、分壽桃、賀壽誕，已經成了家裡的年度大事。這些年阿公年事漸高，很幸運的身體還算健朗，阿公會陪著阿嬤四處旅遊，因阿嬤腳不好，偶而還要扶一下阿嬤；阿嬤會籌畫聯繫阿公的生日會，然後還在生日宴上兩老穿一式花色的印尼Batik蠟染情侶裝亮相，鶼鰈情深，真是感人。

家人之間的感情常常就經由這些小小關懷與「儀式」，凝聚感情，讓人感動的。你知道老爸老媽的結婚32周年紀念就在近日，我一直在想你爸比會記得嗎？他那阿兵哥大老粗，心夠細嗎？軍務倥傯會有時間管這小事嗎？結果，我竟發現爸比早在五點起床運動時，就已經傳來簡訊：「小真：結婚32周年，謝謝你對我們這個家的付出和奉獻！我對你的愛和忠誠，永不改變！奕炳」……還真是感人又難得啊！說得跟阿兵哥的宣誓一樣，忠誠永不改變，有誓詞、沒禮物，我就自己買吧。那天爸比人在屏東視察部隊，很晚了才回到辦公室，我送了他一株蘭花，投桃報李，聊表祝賀。

阿寶，家庭是要細水長流慢慢經營的，尋常生活的「柴米油鹽」要能相互體貼，特殊時日就透過「必要儀式」彼此關懷。就像煮湯要「放鹽」，才有滋味；愛要「付出關懷」，才能久久長長，走得長遠。付出關懷是愛的行動，負責任的表現；愛要維持，就要起火之後還要再添柴，才能持續保溫。你說對吧？

老媽2010/09/17中秋前於台北

釀文學190　PE0087

台灣阿嬤萬里單飛美國行

作　　者　王素真
責任編輯　林千惠
圖文排版　周妤靜
封面設計　蔡瑋筠

出版策劃　釀出版
製作發行　秀威資訊科技股份有限公司
114 台北市內湖區瑞光路76巷65號1樓
電話：+886-2-2796-3638　傳真：+886-2-2796-1377
服務信箱：service@showwe.com.tw
http://www.showwe.com.tw
郵政劃撥　19563868　戶名：秀威資訊科技股份有限公司
展售門市　國家書店【松江門市】
104 台北市中山區松江路209號1樓
電話：+886-2-2518-0207　傳真：+886-2-2518-0778
網路訂購　秀威網路書店：http://www.bodbooks.com.tw
國家網路書店：http://www.govbooks.com.tw
法律顧問　毛國樑　律師
總 經 銷　聯合發行股份有限公司
231新北市新店區寶橋路235巷6弄6號4F
電話：+886-2-2917-8022　傳真：+886-2-2915-6275

出版日期　2015年11月　BOD一版
定　　價　280元

Printed in Taiwan

國家圖書館出版品預行編目

台灣阿嬤萬里單飛美國行 / 王素真著. -- 一版. -- 臺北市 : 釀出版, 2015.11

面； 公分

BOD版

ISBN 978-986-445-065-7(平裝)

855 104020713

讀者回函卡

感謝您購買本書，為提升服務品質，請填妥以下資料，將讀者回函卡直接寄回或傳真本公司，收到您的寶貴意見後，我們會收藏記錄及檢討，謝謝！如您需要了解本公司最新出版書目、購書優惠或企劃活動，歡迎您上網查詢或下載相關資料：http:// www.showwe.com.tw

您購買的書名：________________________________

出生日期：________年________月________日

學歷：□高中（含）以下　□大專　□研究所（含）以上

職業：□製造業　□金融業　□資訊業　□軍警　□傳播業　□自由業

□服務業　□公務員　□教職　□學生　□家管　□其它_____

購書地點：□網路書店　□實體書店　□書展　□郵購　□贈閱　□其他

您從何得知本書的消息？

□網路書店　□實體書店　□網路搜尋　□電子報　□書訊　□雜誌

□傳播媒體　□親友推薦　□網站推薦　□部落格　□其他__________

您對本書的評價：（請填代號　1.非常滿意　2.滿意　3.尚可　4.再改進）

封面設計____　版面編排____　內容____　文／譯筆____　價格____

讀完書後您覺得：

□很有收穫　□有收穫　□收穫不多　□沒收穫

對我們的建議：________________________________

____

____

____

請貼
郵票

11466
台北市內湖區瑞光路 76 巷 65 號 1 樓
秀威資訊科技股份有限公司 收
BOD 數位出版事業部

(請沿線對折寄回，謝謝！)

姓　　名：＿＿＿＿＿＿＿＿　年齡：＿＿＿＿　性別：□女　□男

郵遞區號：□□□□□

地　　址：＿＿＿＿＿＿＿＿＿＿＿＿＿＿＿＿＿＿＿＿

聯絡電話：(日)＿＿＿＿＿＿＿＿＿＿(夜)＿＿＿＿＿＿＿＿＿＿

E-mail：＿＿＿＿＿＿＿＿＿＿＿＿＿＿＿＿＿＿＿＿